る〟のは、大変に危険です。この力は……、時に、国を滅ぼしかねないのです……。人々を、破滅の道へと誘いかねないのです……。だからこそ、我が国では〝表現の自由〟という強力な力を、法律で厳しく制限しました……。武力にも勝る恐ろしい力を、もう二度と……、絶対に……、誰も彼もが〝自分勝手に使える〟ようになってしまわないように……」

両目か

この「　国審査官に、

シズ

# 「赤い霧の湖で・b」
— Soared-b —

そして、
光はクルクルと回転して、螺旋を描きながら、踊るように漂っていました。
船は進み、やがて窓から、光は見えなくなりました。

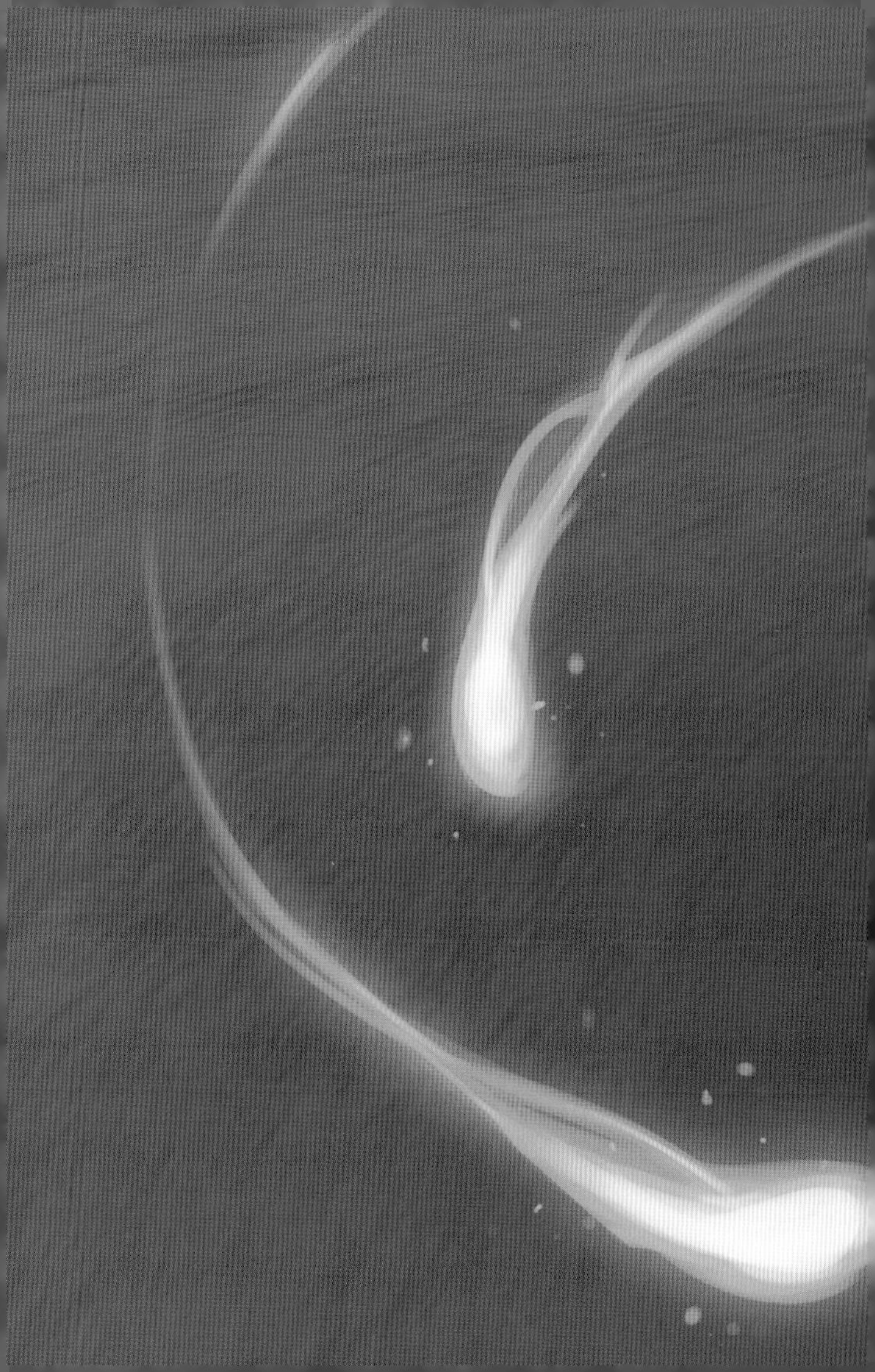

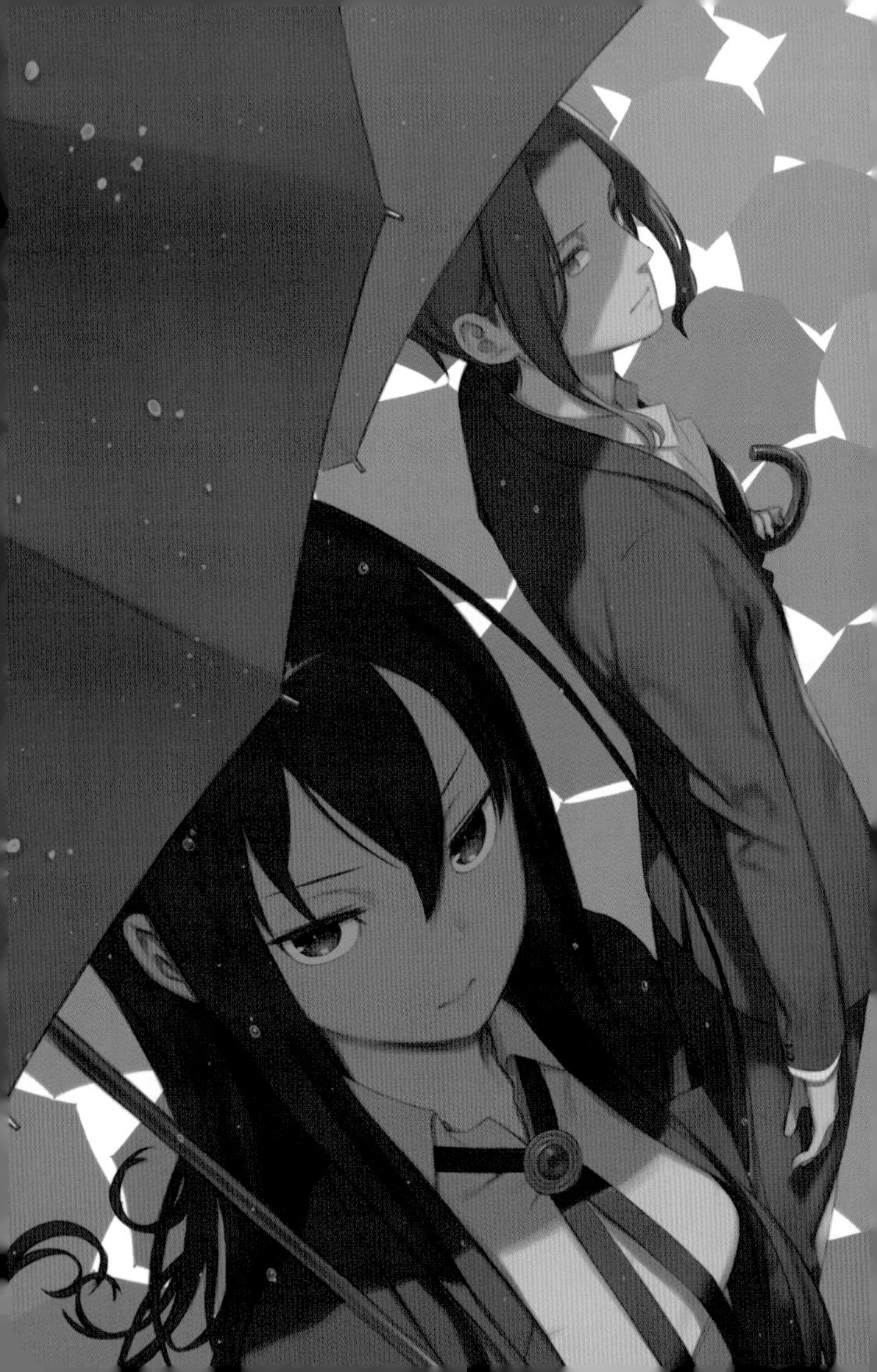

CONTENTS



*Design Yoshihiko Kamabe*

「みんながそう言っている」の“みんな”は、
あなたが選んだ人達だ。
—You Have Chambered Yourself.—

# キノの旅

——— the Beautiful World ———

## XXIII

時雨沢 恵一

KEIICHI SIGSAWA

Illustration：黒星紅白

ILLUSTRATION : KOUHAKU KUROBOSHI

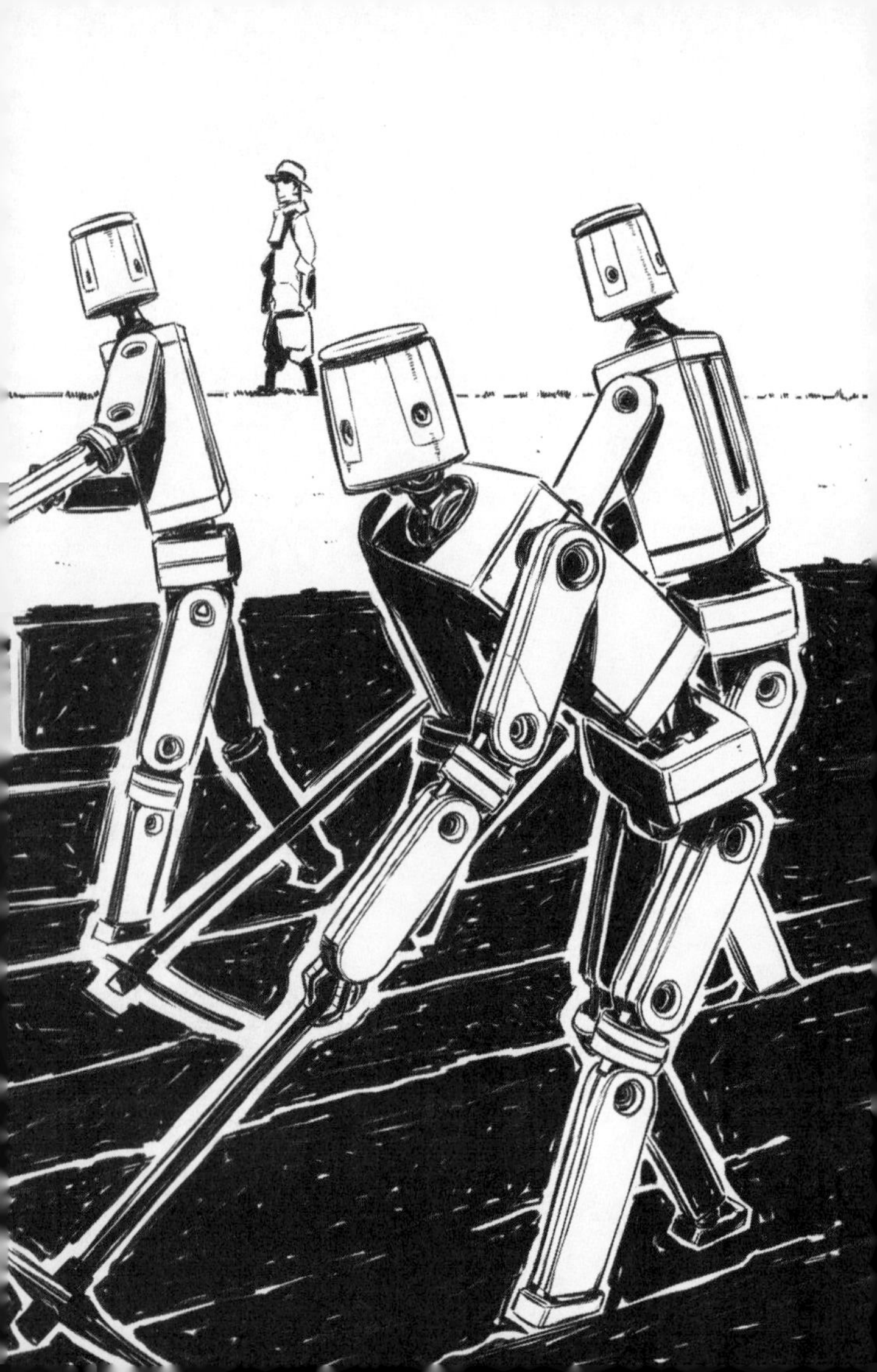

第一話

# 「ロボットがいる国」

—Sustainable—

# 第一話「ロボットがいる国」
## —Sustainable—

森の中に、ログハウスが一軒《けん》ありました。

背の高い木々が茂《しげ》る森を割って走る道、その脇《わき》に丸太で組まれた家が建っています。隣《となり》には小さな畑も広がっていました。

そして周囲には、森以外何もありません。

地平線の向こうまで道が延びる場所で、家はまるで一軒《けん》だけ位置を間違《まちが》って建てられたかのように、ぽつんと孤独《こどく》に佇《たたず》んでいるのです。

森に面したログハウスのデッキでは、二人の人間が、ノンビリと日光浴をしていました。

晩春の午後の太陽が優《やさ》しく照らすのは、長い銀髪《ぎんぱつ》を後ろで縛《しば》った、エプロン姿の老婆《ろうば》。そして、長く黒い髪《かみ》を後ろで縛った、長ズボンと長袖《ながそで》のシャツを着た十代初めの少女でした。

二人はデッキチェアに座《すわ》り、お茶の入ったカップとポットを置いたテーブルを挟《はさ》んで、横に並んでいました。

「そうですね、長い間旅をして、思い出深い国はたくさんありますが――」

老婆《ろうば》が、ゆったりと語り出しました。

目を閉じて、まるで昔の日々を懐《なつ》かしむように。

「ロボットがいた国は、忘れられませんね」


旅を始めてから、どれくらいの頃《ころ》だったか。

すぐではなく、しかしそれほど後でもなく。

私は一人で、小さな車を走らせて、自由気ままな旅をしていました。

車は楽ですね。眠《ねむ》くなったら、車内で丸くなって眠ればいいのですから。荷物もたくさん運べますし。

まあ、モトラドと違《ちが》ってちょっとでも道が崩《くず》れていたり、大きな落石が路面に転がっていたりすると厄介《やっかい》なことになりますけれど。

あれは、夏の始まりでした。私は草原の中に延びる土の道を走って、一つの国にたどり着きました。

道があれば、それは国へと繋《つな》がっています。人が動くのは、国と国を移動する時で、そのために道はできるからです。

とはいえ、何事にも例外はあるので、〝この先に素晴《すば》らしい景色があるから〟なんて理由で道が延びていることもあるのですが……、まあ、それはさておきます。

国は、やはりごく僅《わず》かな例外を除いては、城壁《じょうへき》に囲まれています。

国を守るため、そして、国民を簡単に外に出さないために、城壁はあります。

高さや造りの違いこそあれ、城壁のない国はとても珍《めずら》しいでしょう。見ることができれば、ラッキーですよ。

そして、城壁には城門があります。大抵《たいてい》は二箇所《かしょ》。東西だったり、南北だったり。

城門があっても、勝手に入ることなど、もちろんできません。入国審査官《しんさかん》に、国に入れてくれるように頼《たの》まなければなりません。

審査《しんさ》中は、自分はこの国に害をなすような人ではありません、という顔をします。ただ、無理に媚《こ》び諂《へつら》う必要はありません。むしろ怪《あや》しまれます。

持っている武器は、全て見せて申告《しんこく》しましょう。旅は危険です。身を守る武器を全然持っていない方が、怪しまれます。

許可が下りると、国の中に入れます。

この世界は――、私も理由は知りませんが、国によって科学技術の発展度合いはバラバラです。

ある国では電気がなく、ある国ではコンピューターと呼ばれる電子頭脳がある。

ある国では馬や牛が車を曳《ひ》いているのに、ある国では〝ホヴァー・ヴィークル〟と呼ばれる空を飛ぶ乗り物がある。

ある国では軍隊が剣《けん》と槍《やり》と弓を持っているのに、ある国では一秒間に百発も連射できるパースエイダーが配備されている。

不思議です。この世界は、一体どういう風に成り立ったのでしょう？　分かりません。

そして、それらを自分の目で見て体験できるのが、旅人の特権の一つです。

旅人の持ってきたものは、技術が古いこともあれば新しいこともあって、呆《あき》れられたり驚《おどろ》かれたりします。

それでも、それらの国の人達《ひとたち》は、古いものはさておき、新しいのは欲《ほ》しがらないんですよね。もらっても維持《いじ》管理ができなければしょうがないと、よく分かっているのですね。

さて、話が少し遠回りしましたね。

ロボットがいた国の話をしましょう。

私が到着《とうちゃく》したのはもう日が暮れる直前で、審査に時間がかかったこともあり、城門をくぐったときは夜になっていました。

城門脇に簡単な宿泊施設《しゅくはくしせつ》があって、そこを借りて眠りました。

そして翌朝――、

朝靄《あさもや》が残る早朝、平らで、そしてとてもとても広い国の中を走り始めて、地平線まで広がるジャガイモやタマネギやニンジン畑の中に、ロボットを見たのです。

ロボットがどんなものか、説明は必要ですか？

そうですね。〝人間の形をした機械〟が、一番分かりやすいですね。お話の中ではよく出てくるものですが、実際に見たのは、その時が最初で最後です。

私が見たロボットは、操《あやつ》り人形を大きくして、材質を金属にしたようなものでした。

高さが、私の背丈《せたけ》より少し高いくらい。

頭は、バケツを逆さに被《かぶ》ったような形をしていました。目なのでしょうか、頭の四方に、レンズが一つずつ付いていました。黒光りしていて、まるで深淵《しんえん》のようでした。

上半身と腰《こし》は、鈍《にぶ》い銀色をした金属製の四角い箱で、食堂で食事を運ぶ、アルミ製で四角くて深い容器に似ていました。

腕《うで》と足は、太くて丸い棒です。関節部分には二つの軸《じく》がくっついていて、百八十度曲がるようになっていました。足は、靴《くつ》より大きめの金属の板です。

手の先は、果たして指と言っていいのか分かりませんが、細長いホースみたいなものが、あるいはミミズか蛇《へび》みたいなものが、ニョロニョロと伸びて動いていました。

私は驚いて、畑の中で動くロボットを、車を止めてしばらく見ていました。すると、どうやらロボットは農作業をしているようでした。

手に、ハサミや鍬《くわ》や如雨露《じょうろ》など、人間と同じ道具を持って、畑の雑草を取ったり、畝《うね》を直したり、水をまいたりしているのです。

それは、まるで普通《ふつう》の農民のようでした。

少し車を動かすと、もっと驚きましたよ。進む先の畑のあちこちに、ロボットがたくさんいたからです。

数体、いえ、十数体は見かけました。

ロボット達《たち》は、姿形が同じように見えるものもあれば、個性の差のように、少しデザインが違っているものもありました。手足がやけに太かったり短かったりと、明らかにシルエットが違うものもありました。

いったいこのロボットはなんだろう？　誰《だれ》かに訊《たず》ねたら教えてくれるだろうか？

私は興味を引かれましたが、周囲に人は、誰もいません。

住人を探そう。私はそう思いながら車を走らせて、やがて一つの町にたどり着きました。

町と言っても、道の左右に、木造の家が十数軒《けん》並んでいるだけの、ノンビリとした景色です。

そこには、建物から出てきたばかりの住人が数人いました。私が話しかけると、朝のお祈《いの》りの時間が終わったので出てきたと教えてくれました。

私は彼等《かれら》に、畑で働いているロボットについて訊《たず》ねました。

あれはなんですか？　って。

答えに、また驚かされましたよ。

あれはよく分からない。誰が作ったのかもよく分からない。

吃驚《びっくり》でしょう？　あのロボット達は、この国で作られたものではなかったのです。

確かに町を見ると、この国には、機械がほとんどありませんでした。科学技術が発展していない国だったのです。

私の車を見て驚かなかったので、国の中心部に行けば、少しは走っているのかもしれませんが、皆《みな》さんは馬に乗って移動し、牛が曳《ひ》く車で荷物を運んでいました。

この国で作られたものではないのなら、大きな可能性は二つ。

国ができる前にもともとこの場所にいたのか、建国後に外からやって来たか、です。

正解は、後者でした。

住人達が、口々に教えてくれました。

あのロボット達は、五年ほど前に、数百体の集団でこの国にやって来たのだと。城壁を勝手に乗《の》り越《こ》えて来たのだと。

大量のロボットが歩いてやって来た様を想像すると、かなり異様ですね。旅の途中《とちゅう》に見たら、自分の目を疑っていたことでしょう。

ああ見えて人の言葉を完全に理解して、言われた通りのことをやるのだと。そこにいろと言われればずっとそこにいるし、付いてこいと言えば付いてくる。

ただし、喋《しゃべ》ることはできないんだそうです。

最初は、それはそれは怖《こわ》がっていた住人達ですが、やがて自分達《じぶんたち》に害をなすものではないと分かると、放っておきました。

それよりも、毎日の農作業でとても忙《いそが》しかったからです。

すると、ロボット達が予想もしなかった行動に出ました。なんと、住人達の農作業を、見よう見まねで手伝い始めたのです。

住人達は、最初はもちろん驚いて、邪魔《じゃま》をされたくないと思いました。

でも、ロボット達が一生懸命《いっしょうけんめい》に真似《まね》をして、そしてどんどん上手になっていくのを見て、今度はちゃんと教えることにしたのです。

すぐ近くに呼んで、やってもらいたい行動を見せて、間違ったら修正する。それは、まるで子供達に教えるかのように、丁寧《ていねい》に。

人間がロボットに農作業を教えているところを想像すると、とても不思議な感じがしますね。

そしてロボット達は、必要な行動を全て覚えてしまいました。

それも、一つのロボットが作業を覚えると、別のロボット達も、難なく同じ作業が同じようにできるようになったそうですよ。

こうして、住人達とロボットは、一緒《いっしょ》に農作業をすることになったそうです。

ロボット達は人間が働けない時間を覚えて、例えば朝のお祈りの時間とか、昼の食事の時間とか、もちろん寝《ね》ている時とか——、そういったときに率先《そっせん》して畑に出てくれるようになったそうです。とっても助かっていると、国の人が言っていました。

さて、私の話はここでお終《しま》いです。
私はその国に二日ほど滞在《たいざい》して、その国の指導者である〝国長《くにおさ》〟さんとお話をしました。
周囲の国々の様子などを、包み隠《かく》さずお伝えしました。お礼にと、大変に美味《おい》しいご飯をご馳走《ちそう》になりました。

そしてこの不思議な国から出国して、旅を続けていくのですが——、
一つだけ、強く懸念《けねん》していることがあります。
ああ、〝気がかりに思っている〟という意味です。〝危惧《きぐ》している〟とも言えます。
出国直後から思っていましたし、何十年も経《た》った今でも、強く思っています。
それは、

「それは？　キノ」

「実はね、エルメス……。覚えていないんだ……」

「おやまあ」

草原の中に走る土の道を、一台のモトラド（注・二輪車。空を飛ばないものだけを指す）が走っていた。

銀色のタンクを持ち、後輪の両脇《りょうわき》に旅荷物を満載《まんさい》したモトラドだった。

運転手は若い人間だった。十代中頃《なかごろ》。鍔《つば》と耳を覆《おお》う垂れの付いた帽子《ぼうし》をかぶり、銀色のフレームのゴーグルをはめている。

黒いジャケットを着て、腰を太いベルトで締《し》め、右腿《みぎもも》の位置には一丁のリヴォルバーをホルスターで吊《つ》っていた。

雲一つない初夏の空は、どこまでも蒼《あお》く澄《す》んでいた。

人の膝《ひざ》くらいまで伸《の》びた草原の中を、真《ま》っ直《す》ぐ延びる土の道を、モトラドは朝の太陽を背に受けて走る。

「うーん、なんだったんだろう……。師匠《ししょう》が強く懸念《けねん》していたこと……。思い出せない……」

キノと呼ばれた運転手は、悔《くや》しそうに言った。

「ロボットがどこから来たか、結局分からなかったこと？」

「いや、それじゃなかったのは確か。ああ、思い出せなくてモヤモヤする」

「じゃあしょうがない。お師匠さんのところに戻《もど》って聞き直そう！」

「ここで待ってるから、エルメスだけで、サッと空を飛んでお願いできる？　お茶を飲みながら、半日も待っていればいい？」

「無理言わないでねー」

　エルメスと呼ばれたモトラドが言って、キノは、

「だよね。だから、自分で思い出すか、現地でヒントを見つけるしかない。それに、ロボットがなぜやって来たのかの謎《なぞ》も、知りえるのなら、知りたい。旅人の噂《うわさ》では、まだ、その国にいる」

「でも、そのロボット達って、話せないんでしょ？」

「人間はね。でも、モトラドのエルメスなら、可能性があるかもしれないよ？」

「キノはモトラドの能力を買いかぶりすぎている嫌《きら》いがあるけど、まあ、やるだけはやってみましょう！」

　エルメスが元気よく言った瞬間《しゅんかん》、地平線の下から城壁が姿を現した。

「期待してるよ」

「ここまでは、師匠の教えてくれた通りだ」

キノとエルメスは入国審査を終えて国内に入り、昼前の国内をゆっくりと走っていた。

入国審査の時に、まだロボットはいるのかと訊《たず》ねたキノに、入国審査官は、

「そこらじゅうに」

素っ気なく答えていて、実際その通りだった。

キノとエルメスが走る土の道。その左右に広がる畑の中に、たくさんのロボット達が見えた。

キノ達がすぐ近くを通っても、こっちに気を取られることもなく、文字通り脇目《わきめ》も振《ふ》らずに働いていた。

道の上で、リヤカーを曳《ひ》いて大量のスイカを運び出しているロボットを、キノ達は追《お》い越《こ》していく。

「凄《すご》いな……。不思議な光景だ……」

ロボットは、そのオモチャのような外見は話の通りだったが、ところどころで体の色が違う箇所《かしょ》があった。パッチワークのように、別の金属板を張り付けた箇所《かしょ》だった。

「なるほど……。傷《いた》んだ箇所《かしょ》を〝治し〟て使っているってことか」

「そりゃあ何十年も使えばね」

キノとエルメスは、走り続けた。走っても走っても、人の姿は、どこにも見えない。

「誰もいないねえ」

「お昼ご飯の時間かな？」

「それとも、作業はもう、全てロボットに任せてしまっているのかも」

「ああ、なるほど。そっちの方が考えられる。すると住人達は、働かずにノンビリと暮らしていける」

「楽園だねえ。キノも住んでみる？」

「いや、今日はいい」

「明日は？」

「明日もいい」

キノとエルメスは、町の中に入った。

町といっても、道の左右に、木造の家が十数軒《けん》並んでいるというだけの牧歌的なもので、

「これも師匠の話と同じだ。何十年経《た》っても、同じように暮らしているんだ」

「キノ、人がいるよ、左側」

エルメスが見つけたのは一人の老婆《ろうば》で、建物の日陰《ひかげ》で木箱に座って、数羽《わ》の小鳥に餌《えさ》をまいていた。

キノはだいぶ手前でエルメスのエンジンを切って、惰性《だせい》で近づいていったが、それでも小鳥は全部、驚いて逃《に》げてしまった。

キノはエルメスを止めて、最後は押《お》して歩いた。そして、とても高齢《こうれい》に、九十歳《さい》は超《こ》えてい

るように見える女性に近づいていった。

こちらを見ていた老婆《ろうば》に、キノが帽子とゴーグルを取ってから会釈《えしゃく》をした。

「こんにちは。旅の者です。鳥を逃がしてしまって、すみません」

「どうもー」

すると老婆《ろうば》は、首を横に振って、

「ああ、そんなことは気にしないで。どうせすぐに戻ってくる。それよりも、旅人さんの方が珍しい。その機械は喋《しゃべ》るんだね。初めて見たよ」

キノはエルメスをセンタースタンドで立たせると、さらに歩み寄った。

「ボクはキノ、こちらは相棒のエルメス。さっき入国したばかりです。この国について、お聞きしたいことがあるんですが、よろしいですか？」

「ああ、なんでも聞いておくれ」

老婆《ろうば》が、自分の座っていた位置を少しずらして、右手で木箱を叩《たた》いた。キノはそこに座った。

「お聞きしたいのは、畑で働いている人間のような機械のことです。ボクはあれを、ロボットと呼びますが」

「うんうん。この国でも、そう言うよ」

「ロボットはこの国で作られたものではなく、どこかからやって来たと聞きました。本当ですか？」

「そうそう、その通り。その人は正しい情報を教えてくれたいい人だね」

「それが、数十年前のことだと教えてくれました。その後、農作業を手伝ってくれるようになったと、聞きました」

「その通りその通り。私は、今でも覚えているよ。ある日突然《とつぜん》やって来た、不思議な機械の人達のことを。国中大騒《おおさわ》ぎになった、あの時のことを」

「今もロボットは働いています。人の姿は見えませんでした。今は、農作業は全てロボットがやってくれているんですか？」

「ああ、それは全然違うねえ」

「と、言われますと？」

「今日は、〝人間達はお休みの日〟なんだよ。私達《わたしたち》は、自分達が三日働いたら、一日休むことにしたのよ」


キノとエルメスは、老婆《ろうば》に礼を言ってから出発し、国の中央に向かった。

「なんでわざわざ行くの？　あの優しそうなお婆《ばあ》さんに、話を全て聞けば良かったのに。どうして、人間とロボットが入《い》れ替《か》わりで休んでいるのかって」

「エルメス、ご老人にあまりに長話をさせるのは悪いよ。鳥達も、餌を欲しそうに取り巻いていたし。それに――」

「それに？」

「師匠の話が本当なら……」

「本当なら？」

「国長《くにおさ》さんに会って旅の情報を伝えれば、ご飯をご馳走《ちそう》になれるんでしょ？」

「うわ、びんぼーしょー！　鳥達とかお婆《ばあ》さんとか言っておいて、それが理由かー！」

「そう、それが理由だったんだよ」

「じゃあ行こう！」

こうして、あちらこちらで働いているロボットを見ながら、キノ達は長い道を延々と走った。

夕暮れ近くなってようやく、広い国の中央までたどり着いた。

そこには、この国で初めて見かける、〝都市〟があった。道路は舗装《ほそう》されていて、その両脇に、最大で五階建てくらいの石組みのビルが建っている。歩く人も多く、数は少ないが自動車も走っていた。

「ここは、〝何通り〟だろう？　できるだけ中央に行きたいんだけど」

キノが交差点で止まっていると、駆《か》けよって来た警察官に声をかけられた。

「タイホ？」

エルメスが楽しそうに言ったが、逮捕《たいほ》されることはなく、今夜泊《と》まる場所を紹介《しょうかい》されて、さらには国長《くにおさ》との夕食会に誘《さそ》われた。

警官は、東の城門から連絡《れんらく》が来ていて、もし旅人が首都に来るようなら国長《くにおさ》との食事に招待するように命じられていたと告げた。

キノが二つ返事で引き受けて、

「〝計算通り〟だった」

「おまわりさん、この人が、がめついです」


夕方。

キノとエルメスは、恐《おそ》らくこの国で一番豪華《ごうか》であろうレストランの中にいた。

キノは白いシャツ姿でイスに座り、エルメスはその後ろにスタンドで立ち、背広を着た男女と一緒に、広いテーブルを囲んでいた。周囲には、恐らくボディガードであろう、逞《たくま》しい男達が数人立っていた。

国長《くにおさ》は、気のよさそうな髭面《ひげづら》の中年男性で、キノ達に丁寧《ていねい》に挨拶《あいさつ》をすると、まずは食事を先にいかがですかと提案し――、キノは断らなかった。

「断る理由はないもんね。暇《ひま》だなー」

エルメスが、キノの後ろで小さく呟《つぶや》いた。誰にも聞こえないように。

野菜主体のフルコースをたっぷりと平らげた後、キノは周辺国の情勢を聞かれた。

そして、嘘《うそ》を何一つ言わずに、知っていることを全て答えた。

「国外の情報、大変に助かります。国を代表して感謝します。ありがとう」

国長《くにおさ》に礼を言われたキノが切り出すより早く、

「こっちからも聞きたいんだけど、いい？」

エルメスが、なかなかに無礼な物言いで聞いた。

国長《くにおさ》は一切《いっさい》気を悪くした素振《そぶ》りを見せず、フランクな口調で言う。

「ああもう、なんなりと！　とはいえ聞きたいことは、聞かずとも分かるよ！　あのロボットについてだろう？」

「ビンゴ！」

エルメスが返した。キノが頷《うなず》いて、

「はい。ロボットがどこかから来たことは、以前会った旅人に聞いて知っていますが――、この国に来て初めて知って、疑問に思っていることがあります」

「ふむ。それは？」

「なぜ、人間と互《たが》いに休みを取っているんでしょうか？」

国長《くにおさ》は、そして他の大人達は、キノの質問に怪訝《けげん》そうな顔をした。

質問の意味が本当に分からないと言わんばかりの顔だったが、やがて国長《くにおさ》が、納得《なっとく》して頷《うなず》く。

「ああ、そういうことか……。分かった！　なるほど！」

髭《ひげ》の下で笑《え》みを浮《う》かべながら、国長《くにおさ》が言う。

「キノさん達は、あのロボットを、機械だと思っているんだね」

「はい。そうですが……」

「それは無理もない。実際、どう見ても機械だからね。でも、我《わ》が国《くに》では違うんだ。あのロボットは、我が国では〝仲間〟なんだよ。人間ではないが、人間と同じように、一緒に働く仲間だ。だから、私達人間に休みがあるように、彼等にも休みが必要だ」

「なるほど……」

「納得できたかな？」

「いいえ。でも、理由は大変によく分かりました」

「正直でいいね。彼等は疲《つか》れないし食物も必要ない、だから、確かに昼夜問わず、連日ずっと働いてもらうこともできるだろう。私達が何もしないで、彼等が育ててくれた農作物を食べて生きて行くこともできるだろう。でも、それでは私達が納得しない。食物を食べている自分達が、彼等より短い時間だけ働くなど、決してあってはならないんだ」

エルメスが言う。

「だから、三日に一日の休みにしたんだねー」

「そう。数十年前に、国民投票で日数を選んだ。一番多くの人が選んだのを、国の方針として採用した。とはいえ、彼等が来る前は農作業に休みなどなかったから、これでもかなり楽をさせてもらっているんだよ」


翌日。キノ達が入国してから二日目の朝。

キノは夜明けと共に起こされた。

空が薄《うす》く明るくなり始めたばかりの早朝に、町中にけたたましいサイレンが響《ひび》き渡《わた》って、

『国民の皆さん、おはようございます。今日も一日、元気に楽しく、勤勉に過ごしましょう。本日も天気は晴れ。風も弱く、絶好の農作業日和《びより》です。水分と塩分の補給を忘れずに。スイカに塩を振ったものを摂《と》りましょう』

かなりの大音響《だいおんきょう》で、そんなアナウンスが流れた。

「ぬあ……？」

キノがベッドから体を上げると、

「すごいねー。流石《さすが》農業国。国全体で、この時間から働くんだ」

窓際《まどぎわ》にスタンドで立っていたエルメスが言って、

「この国の人達は、本当に働き者だね……。おかげでボクは、少なくとも、エルメスを起こす仕事はしなくて済んだ」

「それは何より。おはようキノ」

「おはようエルメス」


キノとエルメスは、旅荷物のほとんどを部屋に残したまま、昨夜国長《くにおさ》さんにあてがわれたホテルを出発した。

町を離《はな》れて、再び、地平線の向こうまで広がる畑の中を走る。

景色は昨日と同じだが、今日は働いているのが全て人間だった。

呆《あき》れるほど広い畑の中で、この国の住人達が、額に汗《あせ》を流していた。

「これだけ広い畑を、しかもほとんど手作業で……、大変だ」

「だよねえ。でもまあ——」

「彼等の気持ちはよく分かった。〝仲間〟ならね。ボクにとってのエルメスみたいなものか」

「おや嬉《うれ》しい。じゃあキノ、ちょっと役目を交代してみる？」

「それはいい案だ！」

「キノのどこを蹴《け》ったら、エンジンがかかる？」

「さあ、分からない。エルメス、適当にあちこち蹴《け》ってみて」

できもしないことを楽しそうに喋《しゃべ》りながら、キノとエルメスは走って行く。

「それよりさ、キノ。謎は解けてないよね？」

エルメスが下から聞いて、キノは首を横に振った。

「解けてない……。師匠は一体、この国の何を、そんなに心配したんだろう……？」

「なんだろうねえ？　今でもこの国はちゃんとあるし、問題があるようには見えないけど」

「ロボットと会話ができれば、その答えに、あるいはヒントになるかもしれない。許可はもらったから、ロボットに〝会いに〟行ってみよう」

「どこに？」

「ここをまっすぐ行くと、使われなくなった大きな穀物倉庫がある。働いていない日のロボットは、そこに戻って雨風をしのいでいるそうだよ。入っても問題ないって言われている」

「なんと、いつの間に！　でも、会話ができるかどうか分からないから、あんまり期待しないでね」

「期待するよ。エルメスがそう言った時は、かなり結果を残してきたから」

「またまた」

キノとエルメスは淡々《たんたん》と走り、やがて、地平線の真ん中に、赤茶けた倉庫が見えてきた。

元穀物倉庫は、学校の校舎もかくやという、とても大きな建物だった。

太い鉄骨を組んだ素っ気ない長方形の建物で、屋根は波打つトタン製だった。経年劣化《れっか》で開いたいくつもの穴を、別のトタンで修繕《しゅうぜん》した跡《あと》が見える。

広い周囲は砂利《じゃり》で舗装されていて、ロボットが出勤、もしくは出動で使うであろう、リヤカーが何十台も置いてあった。

人間は誰もいなかったので、キノとエルメスはゆっくりと近づいて、開きっぱなしのスライドドアの前で止まった。

キノがエルメスから降りて、

「こんにちは……？」

ゆっくりと薄暗《うすぐら》い中を覗《のぞ》いて、

「うわっ！」

その光景に身を引いた。

倉庫の中では、ロボット達がぎっしりと、積み木のように重なっていた。

体を横にして頭の位置を互《たが》い違《ちが》いにして、少なくとも二十体ほどが同じ場所に積み重なっている。

それが建物の中にずらりと並んでいるので、全部で何百、それとも何千体あるのか、予想も付かない。

「うーん、すごいね」

エルメスが後ろから言った。

キノが、ゆっくりと中へ、エルメスを押して行く。出荷前《しゅっか》のように並ぶロボット達を横目に、

「動いているロボットはないのかなあ……」

キノとエルメスは進んでいく。

すると、かすかに金属を叩《たた》く音が聞こえてきた。それは山になっているロボットの体の向こうからで、

「裏側だね」

「行ってみる」

キノはエルメスを一度倉庫から出して、エンジンをかけた。倉庫をぐるりと回り込《こ》んで、先ほどとは反対側に出て、

「ああ、なるほど」

音の原因を知った。

そこでは、何体かのロボットが、ロボットを直していた。

この国の車の残骸《ざんがい》などが置いてあるガラクタ置き場から、ロボットの一体が部品を取り出して、そして恐ろしい力で捻《ひね》り切っていく。

それを、仲間達の体の、錆《さ》びて穴が開いている辺りに当てて、人間が使うガス溶接《ようせつ》機で貼《は》り付《つ》けて行く。

「ああして自分達で修繕もしているのか……。すごい機械だな……」

キノが感心して、下からエルメスが言う。

「動力は、なんだろうね？　単純に太陽電池か、それとも原子力か、あるいは反物質炉《ろ》か。人工衛星からのレーザー給電って可能性も。どう思う？　キノ」

「どう思う以前に、エルメスが言ったことがよく分からないよ」

「まあいいか。それよりも、話ができるかだよね」

「そう。——エルメス、話しかけてみてほしい」

「もし、できたら？」

「訊《たず》ねてほしい。〝あなた達《たち》はどこから来て、どうしてこの国の人達を手伝っているのですか？〟って」

「〝知らない〟って」

「は？」

目を丸めて口を半開きにしたキノに、エルメスが言う。

「誰も、つまりどのロボットも、それは知らないんだって」

「え？」

キノが、ロボット達とエルメスを交互《こうご》に見遣《みや》った。そして訊《たず》ねる。

「えっと、エルメス……、もう聞いたの？」

「聞いた。会話はできたよ」

「えっと、そして、〝知らない〟って言われたと？」

「そう。ここにいる、どのロボットも知らないって。ただ、この国の人達の労力を減らすように手伝えって指令を受けているって。人の命令には全て従うように、って。他にも、人を傷付けるなとか、人の被害《ひがい》を看過するなとか、それ以外の場合は自分の身を守れとかいうルールがあるらしいけど、まあそれはどうでもいいよね」

「………………」

「ヒントになった？　何か思い出した？」

「いや……。残念だけど……」

「まあ、この国の人だって、分からないまま共存しているんだし、キノも謎と一緒に思い出にするのも悪くないよ」

「エルメスが……、とても素晴らしい、マトモなことを言った……」

「シツレイな」

「ありがとう、エルメス」

キノは、仲間達の溶接修理を続けるロボットを見ながら、

「これからも、彼等とこの国の人達は、ずっと仲間か」

「だね」

「いいことだ」

キノが言った瞬間、ロボットが、一度だけバケツのような顔を上げた。

そして、一つのレンズで、静かにキノを見た。

「なんて？」

キノが聞いて、エルメスが答える。

「いや、特に何も言ってないよ」


翌日。

キノが入国してから三日目の朝、キノは夜明け少し前に起きた。

起きてから例のサイレンが鳴《な》り響《ひび》いて、アナウンスが流れて、
エルメスは起きてこなかったので、キノは朝の抜《ぬ》き撃《う》ちの練習をした。そして名残惜《なごりお》しそうにシャワーを浴びて、朝食を取った。

「エルメス？」

太陽が昇《のぼ》る頃にエルメスを叩《たた》き起《お》こして、

「ぬあ？」

「おはようエルメス」

「おはようキノ」

全ての荷物を積《つ》み込《こ》んだ。

やはり天気のいい日だった。

キノとエルメスは、町で燃料を補給してから、出発した。

人々が朝から働いている畑の中の道を、朝の日差しを受けながら走る。延々と走って、午前中が半分終わる頃に、ようやく西側の城門にたどり着いた。

入国審査官に出国の手続きをして、キノとエルメスは、城門のトンネルをくぐっていく。

そしてあっという間に城壁の外側に出ると、再び地平線まで続く草原を眺《なが》めた。

今日も雲一つない空の下で、膝《ひざ》までの高さの濃《こ》い緑色が、かすかな風に揺《ゆ》れていた。

「さあ、行くか。謎と一緒に」

「行こう！」

キノとエルメスは、走り出した。


走り出して、城壁が地平線の下に沈《しず》んで、振《ふ》り返《かえ》っても見えなくなった頃、

「あ、ロボットがいる」

エルメスが気づいたのでキノが急ブレーキをかけて、

「うわあ。乱暴!」

エルメスが怒《おこ》った。

後輪を滑《すべ》らしながら道の真ん中で止まったエルメスに、

「どこに……?」

キノが首を振った。全周囲三百六十度、見えるのは緑の絨毯《じゅうたん》と一本の道だけで、

「うーんとね、今、出てきてもらうね」

「は?」

エルメスの言葉に、キノは怪訝《けげん》そうな顔をしてエンジンを切った。

静かになった世界で、草原から緑色の物体が起き上がって、まるで案山子《かかし》のように、キノの目の前に立った。

「うっ……」

それは国の中にいたロボットそっくりで、しかし迷彩塗装《めいさいとそう》なのか緑一色で、

「これは……、伏《ふ》せていたら分からないよ……」

キノが腰に当てていた手をゆっくりと持ち上げて、

「エルメス、頼む」

「うん。とはいえ、別にこの先に行っちゃいけないわけじゃないよ? 無視して進んでも、怒られないよ?」

「もし、〝彼《かれ》〟と話ができるのなら、いろいろなことを聞いてほしい。質問の内容は――、任せる」

「任された！」

エルメスが嬉《うれ》しそうに叫《さけ》んで、その直後、僅か一秒も経《た》っていない時に、

「キノ、〝あの国に戻る可能性は少しでもあるか？〟って聞かれたけど、返事は〝いいえ〟でいいよね？」

「…………。〝いいえ〟で」

「りょうかーい」

「〝質問に答えてもいい。しかし全てを聞いた後にあの国に戻ろうとすると、容赦《ようしゃ》なく攻撃《こうげき》しなければならない〟って念を押すように言われたけど、どうする？」

「つまり、戻らないのなら、全て教えてくれるってことだよね？」

「〝肯定《こうてい》だ〟だって」

キノは、緑色の案山子《かかし》を、その黒いレンズをじっと見てから、答える。

「戻らないから教えてほしい」

「〝じゃあ教える〟って。一度話を全部聞くから、ちょっと待ってくれる？」

「ちょっと、って？」

「五秒ぐらい」

そして、キノには何も聞こえない五秒が過ぎた。

立っていたロボットは、六秒目に動き出して、七秒経《た》ったときには、キノの視界から消えて、

「え？」

どんなに探しても、もう見つけられなくなった。草原が、あるだけになった。

「じゃあキノ、行こうか。聞いた話は、道々教えてあげる」

「分かった……」

キノがエルメスのエンジンをかけて、騒々《そうぞう》しい排気《はいき》音を響《ひび》かせながら、道を走り出した。

キノは時々振り返ったが、

「大丈夫《だいじょうぶ》、付いてきたりはしてないよ。あのロボットは、あそこにいてずっと見張っていなきゃいけないから」

「エルメス……。どんな話を聞いた？」

「あのロボット達の役割を」

「それは……、どんな？」

「目的がちゃんとあってね、〝あの国を完全に滅《ほろ》ぼす〟ためだって」

「…………。どうやって？」

「仕事を奪《うば》っちゃう」

「早っ！」

「は？」

「あの国にいきなり押しかけて、ひたすら仕事をしちゃう。人に楽をさせちゃう。人が、何もしないでも生きていけるようにするのが、ロボット達に課せられた使命だったんだよ」

「だから、どんな指示にも従えと言われていたのか……」

「そう」

「そして……？」

「すると人間達は、何も労働をしなくなる。人間達が楽を覚えてだらけきって、もうまともに働くことができなくなったら、つまり、ロボット達がいなければ一切合切《いっさいがっさい》、生活が回らなくなったら——」

「一斉《いっせい》に活動を、止める……？」

「惜《お》しいけど違う。一斉に国を出て、また別の国へ行って同じことを繰《く》り返《かえ》す。そしてその国を滅ぼしたら、また次の国へ、また次の国へ、またまたまたまた——」

「誰かが、そんな命令を出してロボットを作ったってこと？」

「らしい」

「らしい？」

「彼等も知らないんだってさ。人間の赤ちゃんに物心が付く前の記憶《きおく》がないみたいに、そういう命令を持って存在しているところからしか、彼等の記憶はないんだって。だから、止める理由もないし、止め方も分からない」

「それは……。恐《こわ》い……」

「恐いねえ。でもね――」

「ああ……」

キノは、走りながら振《ふ》り向《む》いた。さっきからとっくに国は見えなかったが、やはり見えなかった。

「あの国は、そうはなっていない。ロボット達を〝仲間〟だとして、自分達の仕事を全て投げるようなことをしていない」

「そう。数十年もね。そして、たぶんこれからも」

「だからロボット達は――、ずっと待つしかない……」

「そういうこと。あの緑のロボットも、ずーっとずーっと、草原で隠《かく》れているんだってさ」

「あっ！ あああああっ！」

キノが叫んで、エルメスが揺れた。

「どうしたのキノ？ お腹《なか》でも痛い？」

「そうじゃない！ そうじゃなくて！ エルメス、思い出した！ 今思い出した！」

「忘れ物？ あの国には戻れないよ？」

「違うよ！ 忘れていたことだよ！ 師匠の――、懸念《けねん》！」

そしてキノは、笑い出した。楽しそうに笑って、笑って、笑って、

「ずるい！　教えて！」

エルメスに怒られるまで笑ってから、

「ああ、教える！　師匠が懸念《けねん》していると言っていたのはね――」

キノは質問に答える。

「〝あの国でいつか誰も仕事をしなくなってしまい、ロボットが壊《こわ》れたら滅びないか〟――、だよ！」

第二話

# 「ピンクの島」

—Pink Elephants—

# 第二話「ピンクの島」
## —Pink Elephants—

オレの名前はソウ。モトラドだ。

小型車のトランクに積んで持ち運べるように設計された、ちょっと特殊《とくしゅ》なモトラドだ。もともと車体が小さいが、ハンドルやシートを折《お》り畳《たた》むと、さらにコンパクトになる。まあ、速度は出ないけどな。

オレの乗り主の名前はフォト。性別は女。年齢《ねんれい》は十七。黒い髪は背中まで長い。

いろいろあって今いる国にたどり着いたオレ達《たち》は、ここで生活を始めた。いろいろあってフォトはお金持ちになったが——、写真好きが高じて、依頼《いらい》があれば写真を撮《と》る仕事をしている。

フォトは、そこから付いた通り名だ。彼女《かのじょ》に、過去の名前はない。


「ここに！　写真を撮りに行きたい！」

ある夏の日の夕方。フォトが、センタースタンドで立っているオレに、気合い十分の言葉と共に、古い絵はがきを見せた。場所は写真店のリビング。もちろんお客などいない。

見せたと言っても、モトラドの目がどこにあるかなどオレにも分からないので、ポーチから取り出した絵はがきをタンクの上にかざしただけだ。

「どれどれ？」

それは、カラー写真の絵はがきだった。

高い場所から街並みを撮ったもので、広く水に面している。〝行きたい〟ということは、この国の風景なのは間違いないのだから、そしてこの国に海はないのだから、湖にある島なんだろう。よく見ると、後ろに、ほんのかすかに橋が見える。

そして、写真は一面ピンクだった。

家々の壁《かべ》と屋根は容赦《ようしゃ》なくピンクに塗《ぬ》られていて、陰影《いんえい》がないと、どこまでが屋根でどこまでが壁なのかまったく分からないくらいだ。

そして、その間を走る道もまたピンクに塗られている。そこに立つガス灯もピンクだ。浮かんでいる小舟までピンクだ。写真の中でピンクでないのは、蒼《あお》い空と湖面、白い雲くらいか。

写真の下に、説明書きがあった。

『南部地方にあるこの島の住人達は、ほとんど島から出ずに生活するので、独特な生活様式が残っています』

撮影《さつえい》されたのは、今から九年前だとある。

「この島の人達が、ピンクが呆《あき》れるほど大好きなことは分かった」

よくもまあ、塗料《とりょう》が足りなくならないもんだ。

「何から何までピンクって、すっごく可愛《かわい》いよねー」

「可愛《かわい》いかはさておき、好きもそこまで突《つ》き詰《つ》めれば清々《すがすが》しい。じゃあ行くか」

オレが言うと、フォトは目を丸くした。

「いいの？」

「良いも悪いも、オマエの人生は、オマエが好きなように決めていいんだぜ？　オレが反対するのは、命の危険がある時と、大金を使う時だけだよ」

「よし！　——じゃあ明日行こう！　ちょうど急ぎの仕事ないし！」

「オッケー。行くか」

「行こう！　〝ピンクの島〟の写真を撮りに！」


そんなわけでその翌朝、かなりの早朝。

車で丸一日以上かかる距離《きょり》の島へ、オレ達は出発した。

脇に店の名前と電話番号が書かれた薄い青色の小型トラックに、オレと撮影機材をゴッソリ載せて、フォトの運転で。

「赤い……」

フォトが、小型トラックの荷台の上で、そしてオレの脇で言った。

昨日、朝から晩までかけて移動して、夜遅《よるおそ》く、オレ達は島を見下ろす山の上に、あの絵はがきが撮られた場所に着いていた。

そして車中泊《しゃちゅうはく》をして朝を待った。待って、夜明けの光が世界を照らして、オレ達は見た。

島は、真っ赤だった。

家々の壁も屋根も、道も、ガス灯も、小舟《こぶね》も、赤かった。空と湖水以外は全て赤かった。見事に真っ赤だった。

絵はがきの写真のピンクの風景は、どことなくホンワカとした雰囲気《ふんいき》が、あるいは可愛《かわい》げがあった。

しかし、今見える赤い街並みは、正直えげつない。ただただケバケバしく、趣《おもむき》もない。太陽が昇って直射日光に晒《さら》されると、なおさらだ。

ちなみにオレの車体色も赤だが、そこはそれ。それはそれだ。今は忘れてくれ。モトラドは目立つ色の方がいいんだよ。

「ねえソウ……。長い運転で私の目が壊れちゃったのかな？　全部、赤く見えるんだ……」

フォトが力なく言って、オレは正直に返す。

「いんや、間違いなく赤だよ。〝R：255　G：0　B：0〟って感じだな」

「……よく分からないけど、私の目は問題ないんだね。良かった」

「あの絵はがき、写真の印刷がヘボくて色あせていたんだな」

「そんな簡単に？　こうなったら、あの島の誰かに聞いてみるしかない！」

フォトはオレを荷台に載《の》せたまま、トラックに乗って走り出した。

蒼《あお》い湖を見ながら山を下りて、島に繋《つな》がる唯一《ゆいいつ》の、そしてやたら長い橋を渡《わた》って、その〝赤い島〟に入った。

ケバケバしい島に入ってすぐ、赤い道の上に赤いポールが立つバス停で、バスを待っていた中年女性を見つけた。

スカートもジャケットも帽子も、持っている鞄《かばん》まで赤い女性だった。

他に類を見ないほど派手だが、何もかも赤いこの町中だと、逆に保護色になっている気がする。車に轢《ひ》かれるぞ？

「おはようございます。あのう、少しよろしいでしょうか……？」

フォトがトラックを止めて降りて、丁寧《ていねい》に話しかけた。

閉鎖《へいさ》的な島っぽいので、よそ者には冷たいかとオレは危惧《きぐ》したが、

「あら！　島の外の人！　可愛《かわい》らしいお嬢《じょう》さん！　はいおはよう！」

女性は笑顔《えがお》で応えた。なんでも聞いてねと、ありがたいことを言ってくれた。

「ではお言葉に甘《あま》えて……。この島は、えっと……、全てが同じ色に塗られているみたいですが？」

フォトが婉曲《えんきよく》に訊《たず》ねると、女性は自慢《じまん》げに大きく頷《うなず》いた。

「そう！　その通り！　ありとあらゆるものがね！　私達島民が、長らく愛して止《や》まない色に！」

「えっと……、それについてですが、以前は、別の色だという話を聞いたのですが……」

「え？　いいえ、ずっと一緒よ」

女性が驚きつつ答えた。嘘《うそ》をついているようには、まったく見えない。やっぱりそんなオチだったか。要するに、最初から赤かったんだ。

「私達の島は――、ずっとずっと、ピンクが大好き！」

「え？」「え？」

フォトとオレが、思わず声をピッタリと揃《そろ》えてしまった。

いや、さすがにこれは、どう贔屓目《ひいきめ》に見ても、ピンクとは言わんだろ？　赤だろ？　それともオレもおかしいのか？

「この島は、全員ピンクが大好きでたまらないの！　だから、塗れるものは全てピンクに塗るのよ！」

女性は、いい暇潰《ひまつぶ》しができたとばかりによく喋《しゃべ》る。

ちなみに島内を巡《めぐ》るバスはまだ来ない。たぶん赤いバスだ。

「かわいいでしょ？　綺麗《きれい》でしょ？　素敵《すてき》でしょ？　お嬢さんも、そのトラックとかカメラをピンクにしたらどうかしら？」

「えっと、それは、まだいいですが、この色は……、私には、ピンクとちょっと違うように見えます」

フォトが言葉を選んで言った。

「あらいやだ、ピンクよ。ここ五年ほどは、ピンクの中でも、ちょっと鮮《あざ》やかな色調が流行《はや》っているの！　島の村長さんが外から呼んだデザイナーさんのアイデアでね！　やっぱり同じピンクでも、鮮やかなのは気持ちが高ぶるわよね！」

いや、これは赤だ。

「デザイナーさんは新しい塗装屋さんも紹介してくれてね、おかげで、ピンクのペンキが品切れなく手に入るようになって、島のみんなはとっても助かってるの！　今までより、少しだけ高いんだけどね！」

赤い塗料がな。

それ、村長とデザイナーと塗装屋、全員でグルだろ？

「だから今は、みんなこのピンクに塗っているの！」

「はあ……、なるほど……」

フォトが、力なく言った。

ちなみに今朝から、コイツは一枚も写真を撮っていない。

「ねえねえ、モトラドさんは格好いいピンクだけど——」

赤だ。

「やっぱりそのトラックも、同じようにピンクで塗るべきよ！　この島でその色は、絶対に良くないわ！　似合わないし、格好が悪いし、ちょっとみすぼらしいわ！　笑われちゃうわよ？　待ってて！」

女性がそう言って、バス停の前にある赤い家の中に入っていった。

そしてすぐに出てきた。その手に、大きな塗料の缶《かん》を持っていた。

缶の外側の色は、どう見ても赤なのだが——、
そこにデカデカと書いてある文字は〝ピンク〟だ。

「これで塗って！　塗り方が分からない？　大丈夫教えてあげる！」

缶の中身をぶっかけてきそうな女性に、

「あ！　いえ！　大丈夫です！　失礼しました！　ありがとうございました！」

フォトはそれだけ言って慌《あわ》ててトラックに戻ると、逃げるように発進させた。

第三話

# 「眠る国」

— Dreamers —

# 第三話「眠る国」
## —Dreamers—

キノとエルメスが、たどり着いた峠《とうげ》から見たのは、

「箱……？」

「箱だね、キノ」

箱でした。

下った先にある盆地《ぼんち》に、巨大《きょだい》な箱が一つ置いてありました。

キノ達がいるのはとても高い山の稜線《りょうせん》なので、見下ろす先の盆地の平野も雄大《ゆうだい》です。

緑の濃い夏の森が広がるそこに、銀色に鮮やかに輝《かがや》く立方体が一つ、ポツンと置いてあるのです。

天気がいい日なので、その真《ま》っ直《す》ぐな縁《ふち》が、クッキリと見えます。立方体の一面が、太陽の光を眩《まぶ》しく反射していました。

「ああ、よかった。ボクの頭か目が、いよいよおかしくなったのかと思った」

「実は何も見えないんだ。キノは、一体全体、なんの話をしているの？　夢でも見てるんじゃないかな？」

「はいはい」

キノが跨《また》がったまま、エルメスに積んだ荷物から、スコープを取り出しました。

目の前に掲《かか》げて、倍率を上げて箱へと向けます。レンズ越《ご》しに、箱の表面を見ました。つなぎ目のない、金属なのかそうでないのかよく分からない材質でした。

「キノ、そのまま下も見て。国があるよ」

キノがレンズを向けると、エルメスの言う通りでした。灰色の城壁が、背の高い森の中を走っていて、銀の箱を取り囲んでいます。

さらによく見ると、銀の箱の脇には町が並んでいます。箱があまりに大きすぎて、家やビルがオモチャに見えました。

キノがスコープを元の場所に戻しながら言います。

「あの恐ろしく巨大な箱が何か、あの国に入れば教えてくれるかな？」

「聞くだけはタダだといいね、キノ」

キノとエルメスは、坂道を下っていきました。

「あの箱ですか？　私達の永遠の命を守ってくれるものですよ！」

国に入る前に、キノとエルメスは答えをもらいました。

森の中の城門で、入国審査官がアッサリと教えてくれました。

「と、言いますと？」

答えが全然理解できなかったので、キノが訊《たず》ねました。

背広を着た入国審査官は、とても若い男でした。まだ二十歳《はたち》前に見えました。

彼は、それはそれは嬉《うれ》しそうに、手続きそっちのけで説明してくれます。

「あそこには、たくさんの国民達が眠っています！」

「眠っている……？」

キノが首を傾《かし》げました。

「つまりまさか——」

エルメスの言葉を、

「墓地じゃないですよ！」

入国審査官は笑顔で遮《さえぎ》りました。

「みんな生きています！　ただ、長い間眠っているだけです！」

「長い間、眠っている……？」

キノが反対側に首を傾げました。

若い入国審査官は、誇《ほこ》らしげに訊《たず》ねます。

「旅人さん達は、〝コールドスリープ〟ってご存じですか？」

キノが首を左右に振りました。エルメスが、

「人間の体を低温に保って、ずっと眠らせておくって技術だね。すると肉体は歳《とし》を取らないで、何年でも何十年でも、それこそ何百年でも寝ていられる」

「それです！　さっすがモトラドさん！」

入国審査官は、少し悔しそうでした。

キノが、城壁で見えませんが、巨大な箱のある方に視線を向けながら訊《たず》ねます。

「すると……、あの中には、今も何人もの人が冷たくなって、しかし死んだわけではなく眠っているとと……？」

入国審査官は、誇らしげに答えます。

「いいえ、何百万人です！　今現在、百八十五万三千五百三十二人が、あの中にある特製のカプセルベッドで眠っています！」

「…………」

「そりゃ凄い！　じゃあ、ひょっとしてひょっとして——」

「はいその通りです！　今までこの国に生まれた人の、ほとんど全員です！」

「やっぱりー！」

エルメスと入国審査官が察しよく盛り上がる中、キノが訊《たず》ねます。

「その理由を、お聞きしてもいいですか？」

「はい！　それはもちろん、より長く生きるためですよ！」

「長く、生きる……？」

「人間の寿命《じゅみょう》は——、まあ所によって違いますけど、数十年から、長くても百年と少しと言われています。そして、医《い》療《りょう》技術の進歩で年々延びています。未来になれば、難病も治る病気になって、老化の研究も進んで、寿命はずっとずっと延びると言われていますよね？」

「うんうん。だから、〝そんな素敵な時代が来るまで寝ていよう〟ってことだね！」

「はいその通り！　私達は、信じています！　未来では、もう人が歳を取ることなどなくなると！　心身共に健康に、永遠に生きられるようになると！」

「なるほど！　〝永遠の命〟をゲットするための睡眠《すいみん》かあ。じゃあじゃあ、いくつになると寝るの？」

「はい！　国民は、二十《はた》歳《ち》の誕生日に眠る権利を得ます！」

「二十《はた》歳《ち》！　若いねえ！」

「でしょう！」

エルメスと入国審査官がとても盛り上がっているので、

「…………」

キノは黙《だま》ったまま、話を聞いていました。

「二十《はたち》歳の誕生日になると、国民は〝旅立ちの儀式《ぎしき》〟を迎《むか》えます。それはそれは、盛大《せいだい》なセレモニーです。たくさん食べて飲んで、一晩中大騒ぎします。それから家族や友達、つまり大好きな人達に見送られて、先祖が眠る区域のカプセルに入って横になって、永遠の命を手に入れるための眠りにつくのです！」

「ふむふむ！」

「私はもう来年です！　楽しみで楽しみで！　こうして話しているだけで興奮してきます！　眠って次に目が覚めたら、二十《はたち》歳の両親やご先祖様、友達と一緒に、永遠に生きられる体を手に入れているんですよ！　眠っている間なんて、起きてみれば一瞬《いっしゅん》ですよ！」

「じゃあ、この国の人達は、二十《はたち》歳までは、何がなんでも死ねないねえ」

「そうです！　だから全員、健康にはトコトン気を使いますし、万が一、いえ億が一にでも死亡事故が起きないように、危険な行為《こうい》は法律で一切合切《いっさいがっさい》禁止されています。旅人さんみたいに、乗り物に乗るとかね。だから、国内に入ったらずっと押してもらうことになります。ご了承《りょうしょう》くださいね」

「趣味《しゅみ》の幅《はば》が減るねえ。暇なときは、どんなことするの？」

「よく旅人さんに聞かれますけど、持て余す暇なんてまずないから安心してください」

「はい？」

「コールドスリープ装置を維持管理していくには、大変な労力が必要です。停電や故障などあってはならないので、一瞬たりとも気は抜けません。そのために、国民全員が一生懸命に働いています。私達は、物心がついた頃から労働を始めます。国民の食料を生産する農作業がメインになりますが、頭脳の優秀《ゆうしゆう》さを認められると、仕事に適した技能教育を半年ほど受けて、高度な仕事を任されます」

「なるほど。じゃあ、休日はないの？」

「ないですねえ。私は外の人と話をするから知っていますが、〝休日〟という言葉自体を、そもそもみんな知らないですよ。毎日仕事があります。強《し》いて言うのなら、女性の出産時は仕事に出なくても大丈夫ですが、それだって、人口を維持するための重要な役割ですからね！　我が国では、十四歳から結婚《けつこん》ができて、十五歳から子供を持ちます。二十歳《はたち》までに、人口を減らさないために、最低でも二人と、決められています」

「毎日仕事かあ」

「そうです。私達は毎日、起きてから寝るまで、何かしらの仕事があります。私も、昼間はこうして入国審査官ですが、夜はコールドスリープの電力をまかなう発電所で、朝まで働いていますよ」

「余計な心配かもしれないけど、ちゃんと寝れてる？」

「ちゃんと寝てますよ！　毎日二時間はキッチリと！」

「ならよかった！」

キノはずっと黙っていました。

入国審査官が、そのキノに爽《さわ》やかな笑顔を向けました。

「どうですか旅人さん！　旅人さんも、この国に移住しませんか？　労働力は、いつでも大歓《だいかん》迎《げい》です！　そして一生懸命働いて、二十歳《はたち》になったら、一緒に未来まで眠って、永遠の命を手に入れませんか？」

キノは黙っていました。

第四話

# 「愚か者は死んでもいい国」

— Foolproof —

# 第四話「愚か者は死んでもいい国」
## —Foolproof—

紅葉の森の中に、一台のモトラド（注・二輪車。空を飛ばないものだけを指す）が止まっていた。

背の高い、黄色く紅《あか》く染まった木々の中を、西に向けて真《ま》っ直《す》ぐ延びる土の道があった。トラックが通れるほどの太い道で、モトラドは、その脇にセンタースタンドで立っている。

モトラドは後輪の脇に箱を付けて、上には鞄と丸めた寝袋《ねぶくろ》を載せ、旅荷物を満載していた。

太陽の位置は南西にあり、紅葉を鮮やかに照らしていた。風もなく、秋にしては暖かい気温の中、けたたましい鳥の鳴き声だけが聞こえる。

モトラドは、

「そろそろ起きろー！　起きろー！　おっきろー！　おっきろーっ！」

突然、大声を上げた。鳥の鳴き声が止まった。

「あー、うん、分かったよ。ありがとう、エルメス」

森の中から、かすかに声が戻ってきた。

静かな時間が過ぎて、やがて鳥が再び鳴き出す頃、一人の人間が太い木の陰《かげ》から現れた。

十代中頃の若い人間だった。黒いジャケットを着て、腰を太いベルトで締めている。右腿《もも》の位置にハンド・パースエイダー（注・パースエイダーは銃器《じゅうき》。この場合は拳銃《けんじゅう》）のホルスターを吊《つ》っていた。中には、リヴォルバーが一丁収まる。

「よく眠れた？　キノ。鳥がずいぶんとうるさかったけど」

エルメスと呼ばれたモトラドが聞いて、

「短い時間だけど、大変にぐっすりと。道を見張っていてくれてありがとう」

キノと呼ばれた人間が答えた。

キノは左脇に丸めたハンモックと茶色のコートを持っていて、エルメスの脇に立つと、それらを後輪脇の箱に収めていく。

「お安い御用《ごよう》だよ、キノ。ちなみに、道を通ったのは鳥が三羽と、トカゲが四匹《ひき》と、虫が四十三匹《びき》。どんな種類だったか、それぞれの内訳はいる？」

「いや、大丈夫。そこは重要じゃない」

「分かる。重要なのは敵か味方かだよね」

「〝敵か味方〟？」

「そう。美味《おい》しく食べられるか、そうでないか」

「なるほど」

「さっきね、目の前に突然急降下してきた大きな鳥がいてね。キノだったら、美味《おい》しいと思っていたと思うよ」

「それは、よかった……、のかな？　どっちにせよ、食べ損ねちゃったよ？」

「まあまあ。昼寝《ひるね》の後はガッツリと走るんでしょ？　ここで《そこ》バーベキューしている余裕《よゆう》はないよ」

「そうだ。よっし、頑張《がんば》って走る」

キノは、鍔《つば》と耳に垂れのある帽子を頭にかぶり、ゴーグルを目に装着して、グローブを手に嵌《は》めた。

エルメスに跨《また》がってから、前に押してスタンドを外すと、キックスターターを蹴《け》ってエンジンをかけた。

「日が暮れるまでには、次の国に着けるはずだ」

硬《かた》く締まった走りやすい道を、落ち葉を舞《ま》い立たせながら、キノとエルメスは快調に走っていく。

緑の地平線の上の太陽を追いかけるように、西へ西へと進みながら、

「次の国は、どんな国？」

エルメスが下から聞いた。キノがチラリと下を見た。

「あれ？　前の国を出るとき、入国審査官の話を一緒に聞いたよね？」

「聞いた。そして途中から寝てた」

キノが顔を上げて、ゴーグルのレンズに紅葉の森が流れて映る。

「かなり細かく説明してくれたのに……。まあ、簡単に言えば——」

「言えば？」

「独裁者の国、だね」

「ほほう。面白《おもしろ》そう」

「なんで面白そうなのかはさておき——、聞いた話によると」

「よると？」

「その国では、もう二十年以上、〝統領〟を名乗る一人の男が治めている。彼は、軍隊を率いてクーデターを起こして、その時の政権を倒《たお》した。それから次々に法律を書《か》き換《か》えて自分の権限を増して、逆らう人達は容赦《ようしゃ》なく処刑《しょけい》した。最後には憲法を書き換えて、死ぬまで失職しない〝統領〟のイスを新しく作って、そこにふんぞり返っているそうだよ。統領は、形式上は〝国民投票で選ばれる〟そうなんだけど、まあ——」

「他の人に投票したら、あるいは誰にも投票しなかったら、命が危ないんでしょ？　絵に描《か》いたような、実に典型的な独裁者だねえ」

「そうだね。それから、もともと高かった科学技術にお金を投じて、著《いちじる》しく発展させた。その結果、国民を厳しく管理するシステムが完璧《かんぺき》にできあがった。ちょっとでも国政に異を唱えるとすぐにバレてしまい、良くて刑務所《けいむしょ》、あるいは地面の下だって」

「おや恐い。そりゃモグラしか抵抗《ていこう》できない」

「ただし、今のその国の国民からは、〝独裁者〟だとは思われていない。〝救国の英雄《えいゆう》〟とか、〝偉大《いだい》なリーダー〟とか、〝国父〟とか呼ばれている。みんな、騙《だま》されているわけでもなく、本気で褒《ほ》めているそうだよ」

「当然。本気でそう思っている人はさておき、思っていない人達だって、悪く言ったら社会から消える。褒《ほ》める人か、悪く言えない人しか残らない」

「まあ、そういうことだろうね」

「時々、『旅人さん聞いてくれ！　この国は酷《ひど》い独裁国家なんだ！』って、入った国で言われるじゃん？」

「あったね。外から来た人に自分の国の愚痴《ぐち》を聞いて欲しいって人は、ボクが思うよりたくさんいるみたいだ」

「でも、そのたんびに思うけど、それを国の中で、あんな大声で言える国は、全然独裁国家じゃないね」

「確かに……。まあ、そんなこんなで、ボクが、独裁者の国に行くのは止《や》めようかなと言ったら──」

「『いや！　絶対に行くといい！』って言われたでしょ？」

「…………。実は起きていた？　エルメス」

「本当に寝てた。でも予想はつくよ。そういう独裁国家は、とにかく外面を良くしたい。だから、すぐに出ていく旅人は、監視《かんし》はしつつも手厚く歓待《かんたい》する。タダで宿に泊まれて、タダで美味《お》しいものをたくさん食べられて、つまりはウハウハ！」

「その通り。その人にも、まったく同じように言われた。国の政治体制について、何を見聞きしても黙ってさえいれば、最高の〝観光国家〟だって」

「そりゃ行かなくちゃ！」

「というわけで向かっている」

「素晴らしい急げ！　どんな国か満喫《まんきつ》しよう！」

「ただし、国内では迂闊《うかつ》に〝独裁〟の事は話せないね。どこで誰が聞いているか、分からないからね。監視カメラやマイクもあるはずだ」

「まさに、〝壁に耳あり障子に目あり〟だね！」

「……あ、間違えなかった」

「シツレイな。じゃあ隠語《いんご》を作ろう！　隠し言葉！　暗号！　独裁がらみの事を匂《にお》わせたいと

き は、会話の中に〝アレ〟って言葉を入れるんだ! あとは雰囲気で察して!」

「〝アレ〟ね。分かった」

「詳《くわ》しい話や感想は、明後日《あさって》に国を出てからね」

「了解《りょうかい》」

ひたすらに走り続けたキノとエルメスは、太陽がキノの帽子の鍔《つば》より低くなった頃に、そびえる城壁を見つけた。


「ようこそ旅人さん! 入国の目的は観光ですか? 観光ですよね? 観光なんですよね?」

たどり着いた城門の脇で、それ以外の入国を認めない口調の入国審査官に、

「はい。休養と必要な物資の補給もありますが、主な目的は観光です。三日間、滞在させてもらえると嬉《うれ》しいです」

キノが返した。

スーツ姿の中年男がニンマリと笑顔を作って、

「では問題なく許可できますので、まずはこちらをご覧ください」

目の前に出されたのは、手帳ほどの大きさと形をした機械だった。片面がモニターになっていて、側面にいくつかスイッチがあった。

「ほー！　この携帯端末《けいたいたんまつ》が、ＩＤ代わりだね！」

エルメスが素早《すばや》く言って、

「ご理解が早くてとても助かります！　では、これをお持ちください！」

入国審査官が嬉《うれ》しそうに言って、

「いや……、ボクは、全然分かりませんので……、説明を、よろしくお願いします」

最後にキノが、とても戸惑《とまど》いながら言った。

「こいつは失礼。この機械はですね——」

入国審査官が、手慣れた様子で説明をする。

これは通信機器であり、国の中でならどこにいても、例え建物の地下にいても、電波でいろいろな情報のやりとりができること。

これがあれば、どんな店でも支払《しはら》いに使えるので、現金はもう使う人がいないこと。そして、旅人には国から滞在費が支給されるので、ある程度の額までの買い物ができること。

これがないと、この国では生活ができない——、つまり国民全員が一人一つ必ず持っているので、公的な身分証明書としても機能すること。

すなわちこれはキノのＩＤになるので、出国するまで肌身離《はだみ》さず、必ず持っているようにすること。

困ったときは、側面にある〝緊急《きんきゅう》通報ボタン〟を長く押すと、位置情報を受け取って警官が駆けつけるので遠慮《えんりよ》なく頼《たよ》って欲しいこと。紛失《ふんしつ》、盗難《とうなん》があったら即座《そくざ》に近くにいる誰かの助けを借りて、あるいは町中のあちこちにある〝公衆通報ボタン〟を押して、警官に報告すること。

「なるほど」

「細かな使い方は画面に出ますし、音声による質問も受け付けています。——では、滞在をお楽しみください」

キノはそれを、腰ベルトのポーチにしっかりとしまい入れた。

そして、重い門が開くのを待ってから、エルメスと共に入国した。

「かなり技術の発展した国だね。久々に」

夜、部屋のシャワーを浴びて、備え付けのパジャマ姿で出てきたキノに、窓際でセンタースタンドで立つエルメスが言った。

ホテルの部屋は広く、清潔だった。高いビルの高層階にあって窓ガラスが広いので、見晴らしはとても良かった。

眼下では、町中を走る車のヘッドライトが流れている。国の中央にはビルが多く、遠くまで明るい町が広がっていた。

「確かに。お風呂《ふろ》もシャワーも、スイッチ一つだった。温度も数値で簡単に設定できる。とても快適だった」

キノが言いながらベッドに腰掛《こしか》けて、サイドテーブルに置いてある携帯端末をチラリと見た。画面は消えていたが、隅《すみ》の赤いランプは点滅《てんめつ》していて、そこに置くだけで充電《じゅうでん》されていることを示していた。

「さっきタダでご馳走《ちそう》になった夕飯――、豆とお肉を煮《に》たシチューと、ライ麦のパンと、フルーツの盛り合わせだったんだけど、実に美味《おい》しかった。ここまでは、とってもいい国だ」

キノが言うと、

「確かに。ところでアレは？」

エルメスが返した。

「アレかあ……。さてどこへいったかな？　まだ見つけてないよ」

「そっか。じゃあいいや。さて、暇だからテレビでも見ようよ！」

「分かった。スイッチを押せばいいのかな？　それともどこかにリモコンがある？」

キノが視線を動かすと、

「どっちも必要ないよ。〝やあ！　テレビ付けて！〟」

エルメスがそう言った瞬間に、画面が灯《とも》った。少し驚いているキノの目に、スタジオで座るスーツ姿の男が映った。

「声だけで操作できるのか……。凄い技術だね」

「シャワーも、たぶんできたよ。明日トライしてみて。部屋のあちこちに、ちゃんとマイクがあるんだよ。アレ」

「……………。ああ、なるほどね」

キノが携帯端末を再びチラリと見てから、テレビへと視線を戻した。

『親愛なる国民の皆様《みなさま》、こんばんは。夜のニュースの時間です』

ちょうど番組が始まるところで、ニュースキャスターの男が、硬い顔のままで淡々と語り続ける。

「ちなみにチャンネルは、国営放送が一つしかないみたい」

「つまり、国民全員がこれを見ているってことか」

キノとエルメスはしばらく夜のニュースを見たが、話題は他愛のないものばかりだった。

家畜《かちく》農場の生産率が上がったとか、職業訓練校の卒業式が行われたとか、これから冬に向けて、家庭用暖房《だんぼう》の燃料が少しだけ値上がりするとか。

「あれれ？　キノのこと、やらないね？」

エルメスが茶化して、

「まだ何もしてないからね」

「これから？」

「これからもしない」

事件や事故のことは何も伝えないまま、平和なニュースは終わりの時間を迎える。

最後にキャスターが、

『明日の休日、朝八時に、統領閣下による重大発表がございます。国民全員、番組を見るように通達が出されています』

そう言った瞬間、枕元《まくらもと》の携帯端末がピーピーと甲高《かんだか》い音を鳴らした。さらに振動《しんどう》して、サイドテーブルを響かせながら騒々しい音を立てる。

「っ！　っと、これか……」

キノが視線を送って気付いて、手を伸ばしながら、

「エルメスが、また何かの声真似《まね》をしたのかと思った」

「今度からそれで起こそうか？」

「いやいい」

キノが携帯端末を持ち上げると、画面が光っていた。キノが、しばらくそれを眺めた。指で画面を触《さわ》って、下へとスクロールさせた。

「キノ、なんて書いてあるの？」

「さっきニュースで流れたのと、まったく同じこと。その時間にテレビが見られない人は、これで見るようにって」

「なるほど。さぞかし重大な発表なんだねえ。キノは、いいタイミングで入った」

「じゃあ、明日を楽しみにして寝ようかな」

「昼に寝たのに？」

「夜も寝る。エルメス、後はお願いできる？」

「了解。美味《おい》しそうな鳥が急降下してきたら、今度こそは起こすね」

キノは真新しいシーツの敷《し》かれたベッドに横たわると、薄手《うすで》の掛《か》け布団《ぶとん》の中に入《はい》り込《こ》み、

「白いシーツは、最高だ……」

「昼は、『ハンモックは、最高だ……』って言ってなかった？」

「言ってた。最高は、いろいろある」

「なるほど。おやすみ、キノ」

「おやすみ、エルメス」

キノが目を閉じるのと、エルメスが小さな声で部屋を暗くするように命じるのが同時で、灯《あか》りはゆっくりと暗くなり、窓のガラスも色を黒く変えた。


翌朝。

キノは夜明けと共に起きた。

目を覚まして体を起こすと同時に、窓ガラスが音もなく、そしてゆっくりと透明《とうめい》に戻り、薄く蒼《あお》い空の光を部屋に入れていく。

「ボクの動きに反応したのか……。すごい機能だ。ついでに、エルメスを叩《たた》き起こしてくれれば最高なんだが」

「そうはいかないよ」

「あ、起きてた」

キノは朝靄《あさもや》に煙《けむ》る町を見ながら、右腿《もも》に吊《つ》っている、『カノン』と呼ぶリヴォルバーの抜き撃ちの練習をした。終えてから簡単な整備をして、そして再びシャワーを、たっぷりの時間をかけて浴びた。

「朝は、何もテレビやってないのか」

キノは、時刻だけが素っ気なく表示されているテレビと、暇そうなエルメスを置いて、レストランに朝食を食べに行った。

そして、

「ああ、ずっとこの国にいたら間違いなく太るな……」

無料でたっぷり食べて、八時直前に帰ってきた。

「遅《おそ》かったねキノ！　もう、呼びに行こうかと思ってたよ！」

「どうやって？」

「いいからいいから。始まるよー。キノ、座って座って」

「はいはい。さて、どんな重大発表なんだろう？」

「統領が、サクッと引退しちゃうとか？」

「さすがにそれは考えづらいなあ」

「じゃあ、アレをアレしちゃうとか」

「アレかー。アレかもねえ……」

「分かってる？」

「いや、あんまり」

キノがテレビの前のイスに座ると同時に、八時を迎えた。

ポケットの中の携帯端末が震《ふる》えたが、それは無視して、キノはテレビを睨《にら》む。

どこにあるか分からないスピーカーから、勇ましく派手なこの国の国歌が流れ、画面には強そうな動物を模したこの国の国旗が現れた。

そして、続いて画面に映ったのは、派手な軍服を着た一人の男だった。

緑の布地には黄色い房《ふさ》が大量に縫《ぬ》い付けられ、肩《かた》が凝《こ》りそうなほどの数の勲章《くんしょう》を左胸に提《さ》げている。

頭は綺麗《きれい》に髪がなく、髭《ひげ》もない。顔の皺《しわ》などから予想できる年齢は、五十代半ば。

統領は、人当たりの良さそうな笑顔を作ってから、響きのいい、よく通る声で話し始める。

『親愛なる国民諸君——、おはよう』

「はい、おはよう」

国民ではない、そもそも人間ですらないエルメスが答えて、

「…………」

キノは黙って見ていた。

統領はすぐに挨拶《あいさつ》用の笑顔を止《や》め、硬く引《ひ》き締《し》まった表情で語る。

『本日は私から、重大発表がある』

「知ってるー」

『諸君もご存じの通り、私が国の舵取《かじと》りを任されてから、偉大なるこの国は素晴らしい発展を遂《と》げてきた』

「そりゃすごい」

『国家の安定を阻《はば》む、愚《おろ》かな反乱分子は一掃《いっそう》され——』

「アレかー」

『治安は常に安定し——』

「そりゃいい」

『科学技術は著《いちじる》しい発展を遂げ、人々の生活は、かつてないほど便利になった』

「うんうん。べんりべんり」

『私は、この国を、誰もが幸せになれる理想の国家にするために頑張ってきた。諸君もその期待に応えてくれた。有り難《あ がた》く思う。しかし、今ひとつ、やるべき事が残っていたのだ。いつかは行わなければならないのではないかと、私がずっと思っていた政策だ。今日は、それを発表し、実行に移す』

統領は、言葉を一度切った。真剣《しんけん》な顔で、こちらを睨《にら》み付《つ》けていた。

「なんだろ？」

ずっと相槌《あいづち》を打っていたエルメスがキノに訊《たず》ね、

「さあ……。予想が付かない」

キノは素直《すなお》に匙《さじ》を投げた。

キノとエルメスが、そして国民全員が見ている男が、再び口を開く。

『我が国には、〝愚か者〟が一定数存在する。我々がどれほど素晴らしい教育をしても、人としての知性を得ることができなかった、可哀想《かわいそう》な人達だ』

「ん？」

「ぬぬ？」

キノが首を傾げ、エルメスはそのままだった。

『誤解を生まないように言っておくが、それは〝生来知能の発達が遅い人達〟のことではない。肉体的には何一つ問題がないのに、〝学ぶ〟という事を自ら放棄《ほうき》した、文字通り〝愚か者〟のことだ。今までは未来の可能性に賭《か》けて放置してきたが、改善の兆《きざ》しはない。私は、もはやこの国に愚鈍《ぐどん》な者は必要ないと思うに至った。部屋の隅に散らかる塵芥《ちりあくた》を片付けるがごとく、この国には掃除《そうじ》が必要なのだ』

「…………」

キノが黙り、

「…………」

エルメスが、茶化さないために黙る中、部屋には男の声だけが響く。

『本来は、統領たる私が、己《おのれ》の責任で決断し実行するべき案件だ。しかし、今回だけは、事の重大さに鑑《かんが》み、当事者である国民諸君の決断に委ねようと思う』

「えっ？　何それ？　アレ？　アレじゃないの？　自分で勝手に決めちゃわないの？」

「静かに、エルメス」

「おっとゴメン」

『ただ今より十時間後の、本日十八時より二十時までの二時間の間、いつも通り、携帯端末による直接投票を行う。〝愚か者は処刑しても良いか？〟を問う。〝はい〟か〝いいえ〟以外の答えはない。病気で意識がないなど、特段の理由がないのに参加しない者には、税金を十倍にする罰則《ばっそく》を用意している。親愛なる国民諸君、私からのメッセージは以上だ』

演説の終わったテレビでは、今統領が言った文言をそのまま文字で表していた。〝愚か者〟の定義は、特に念入りに太い文字で書かれている。キノは言葉でスイッチを切った。

キノが携帯端末を見ると、そこには同じ文言が表示されていた。その脇で、投票開始までのカウントダウンが始まっていた。

キノがそれをエルメスに見せながら、

「驚いたな……」

「驚いたねえ」

「政策にも驚いたけど、それよりも、まさかの〝政策の直接投票〟だよ。いったい、どういう考えなんだろう？」

「予想ならつくよ」

「どんな？」

キノが、携帯端末をベッドの布団《ふとん》の上に置いた。枕《まくら》を、その上に置いた。エルメスに戻ると、その脇にぺたんと座り、できるだけ小声で会話できるように、エンジンの脇に顔を寄せた。

エルメスが声を潜《ひそ》めて、

「もし、キノが国民だったら、これ、〝ノー〟を押せる？」

走行直後だったら火傷《やけど》しそうなほど、キノはエルメスのエンジンに顔を近づけた。やはり囁《ささや》き声《ごえ》で返す。

「押せない。統領さんの意志に、明確に反することになるからね」

「でしょ？　自分がサクッと命じてもいいのに、あえて投票にするってことは、自分の考えが民衆に支持されたって大義名分が欲しいんじゃないかな？　ある意味、〝責任逃れ《せきにんのが》〟だよね」

「なるほど……」

「とまあ、そう考えるのが一番自然と予想したけれど、本当のところは、当人以外誰も分からない」

「そうだよね……」

キノは顔を戻して、ベッド脇に戻って、枕の下の携帯端末を見た。カウントダウンが進んでいた。キノが画面を触ると、

『あなたは外国人なので投票の権利はありません』

素っ気なく文字が現れて、しばらく経《た》ったら消えた。

「じゃあ、観光に行こう！　せっかく来た国を見て回らないなんてもったいない！　天気もいいし！」

「そうするか」

キノとエルメスは、旅荷物をホテルに残して、コートだけを念のために荷台に縛《しば》り付《つ》けて、

国の中を走り出した。

国内は道路が綺麗《きれい》に整備されていて、渋滞《じゅうたい》もなく車が動いていた。その運転手がキノ達をチラリと見てから、関わり合いたくないように、目をそらした。

ビルの谷間を快調に走りながら、エルメスが、

「ねえキノ、気付いた？　信号が交通量で制御《せいぎょ》されてるよ」

「どういうこと？」

「渋滞を作らないために、携帯端末からの位置情報を元にして、〝こっちの車線に車が増えたから、青信号を長くしよう〟とかコントロールしてる。あと、これは予想だけど、さっきからあまり赤信号に捕《つか》まってないじゃん」

「確かに」

「旅人だからってことで、優先してもらっているみたい」

「すごいな」

「それもこれも、個人情報がつつ――、個人情報が詳細《しょうさい》に提供されているからこそ！」

「アレだね」

「アレだよ。全ての〝便利〟は、〝管理〟との表裏《ひょうり》一体《いったい》」

「そうか。じゃあ、現金を用意する必要がなくて、支払いが楽なのも――」

「個人の会計が、全て国に詳《つまび》らかになるようにだね。脱税《だつぜい》とか、まあ無理だね」

「なるほどね」

キノとエルメスは町を抜けて、住宅地の中を走った。

まずはまったく同じ外見をした、数字だけが違うマンション群の中を走った。そこを抜けてからは、まったく同じ外見をした一戸建て住宅群の中を走った。

休日とのことだが、住人達の姿がほとんどなく、

「みんな、悩《なや》んでいるのかな？」

「かもね。あるいはもう、ハラを決めていて、投票時間が待ち切れないとか！」

キノとエルメスは、景色だけを見ながら走った。

とても綺麗《きれい》な道を走りながら、キノが感想を漏《も》らす。

「道にゴミが一つも落ちてないね。綺麗《きれい》だ」

「可能性は二つ。掃除が行き届いている。あるいは、捨てたら罰則がとても厳しい。キノはどっちだと思う？」

「両方かなあ……」

やがて、昼を迎えて、キノがぽつりと呟《つぶや》く。

「お腹《なか》が空いた」

「さいで」

昼食は、農地の手前にある食堂を見つけて取った。

広い店内に他に客はなく、キノの相手をした若い店員は、余計なことは何一つ言わずに、キノに麺《めん》料理を提供してくれた。

温かいスープに入った麺《めん》の上に、よく煮たお肉が豪快《ごうかい》に載っていた。冷たいお茶はおかわり自由で、デザートにフルーツまでついた。

「とても美味《おい》しかった。そして、国が払《はら》ってくれた」

「キノばかりズルいなあ。その魔法《まほう》の機械で、いい燃料と高いオイルを入れてくれない？　ついでに整備も」

「やってみよう」

キノは、携帯端末の画面で、最寄《もよ》りの燃料スタンドと、車両整備工場を調べた。すぐに判明して、地図でルートを出して、そこへ向かう。

走りながらだと画面が見えないが、

「大丈夫、覚えた」

エルメスが一瞥《いちべつ》しただけで地図を覚えたので、その通りに道を走らせて、難なくたどり着いた。

燃料を満タンにして、整備工場でオイルの交換《こうかん》を頼んだ。中年の整備工はテキパキとオイルを交換して、必要な整備を手早く済ませ、こちらも代金は全て国が払ってくれた。

「いい国だ！　おっちゃんもありがとう！　いい腕だね！」

エルメスが言ったが、男は何も言わずにエルメスを道の上に押《お》し出《だ》すと、すぐに店の中に引《ひ》っ込《こ》んでしまった。

時計の針が十六時を告げるまで国のあちこちを走ってきたキノとエルメスは、結局誰とも話すことなくホテルに戻ってきた。

「夕ご飯は？」

「ホテルで豪華なのをいただく」

「だと思った」

キノは昨夜と同じように、ホテルのレストランに向かうと、

「誰も、いない……」

レストランに人の姿はなく、箱に入ったパンが大量に置いてあるだけだった。

十八時が近づき、部屋のテレビは相変わらず同じ文言を流し続けていた。携帯端末も、同じ画面を出し続けていた。

「いよいよだ」

「わくわく！」

キノとエルメスが眺める先で、十八時ちょうどに画面が少し変わった。

『投票は国民の義務です。義務を果たさない者に権利は与《あた》えられません』

そんなどぎつい文言が加えられた。さらに、投票終了《しゅうりょう》までの二時間のカウントダウンが表示される。

「始まった！　どうなるんだろうねえ」

「分からない」

そして、それ以外は何も起きなかった。

画面は、カウントダウンタイマーが動くだけ。静かな夜が、静かに過ぎていき、

「何も……、起きない」

「だねえ」

「退屈《たいくつ》だ」

「だねえ」

荷物の整理を始めたキノと、暇そうなエルメスが、他愛のない会話をしながらグダグダと過ごすうちに、あっという間に二時間が経過してしまい、

『投票終了』

画面が変わった。先ほどより一層素っ気ない文章になり、最後に、こう表示される。

『結果の発表は明後日《あさって》十二時になります』

「は？」

キノが力なく顎《あご》を落として、

「結果が分からないじゃん。どうする？　滞在を延長する？」

エルメスが聞いた。

キノが、ハッキリと答える。

「寝る」

「はいおやすみ」


翌日。キノが入国してから三日目の朝。

キノとエルメスは、西側の城門前広場にいた。

出国するための手続きが始まるのを、広場の脇で、黒いジャケット姿のキノはベンチに座って、旅荷物満載のエルメスはその脇で、スタンドで立って待っていた。

キノ達の前に、出国手続きをしている男がいた。

顔中に髭《ひげ》を、そして髪も乱暴に伸ばした、むさ苦しい風体《ふうてい》の男だった。丸いサングラスをかけている。着ている革製《かわせい》のジャケットとパンツ、そしてブーツは、とても綺麗《きれい》で、新品に見えた。

旅の足は馬だった。力が強そうな、筋骨隆々《きんこつりゅうりゅう》の大きな馬で、鞍《くら》を積んだ自分用が一頭、そして旅荷物を、古い布袋《ぬのぶくろ》を積んだもう一頭を後ろに曳《ひ》いている。

ボルト・アクション式のライフルが、鞍《くら》の脇の鞘《さや》に差《さ》さっていた。

入国審査官がその男と話をしているのを遠目で見ながら、

「ボク以外にも、旅人が来ていたのか」

「そりゃあ来るよ！　美味《おい》しい思いをしに！　あの革《かわ》ジャンとズボン、国のお金で新しくしてもらったに違いないよ！　キノも、もうちょっとせしめることができたかも！」

「オイルも燃料も、携帯食料ももらったし、十分だよ」

「いつものがめついキノは、どこへ？　必殺板金の夢は捨てちゃダメだよ！」

「…………。〝一攫千金《いっかくせんきん》〟？」

「そうそれ！」

他愛のない話をしているうちにやっと出国審査が終わったようで、男が馬に乗り、もう一頭を曳《ひ》きながらゆっくりと国を出て行く。

「さあて、ボクも時間がかかるかな？」

「明日にならなきゃいいけど」

キノはエルメスを押して、城門に近づいた。

入国審査官に挨拶《あいさつ》して、出国したいと告げる。

「では、携帯端末を返してください」

言われたキノがポーチから出して渡すと、入国審査官は何度かボタンを押して、そして机の上に置いた。

「確認《かくにん》しました。どうぞ出国してください」

「え？」

「もういいの？　さっきの馬の人、すっごく時間かかっていたけど？」

エルメスが聞いて、

「問題ありません。さっきの人は――」

入国審査官は、右を見て左を見て、声を潜める。

「返却《へんきゃく》された端末が少々古いモデルだったので、偽造《ぎぞう》ではないか疑っただけです。本部に問い合わせて、時間はかかりましたが、問題ないと上の方からの返事が」

「ふーん」


キノとエルメスが、暗い城門をくぐって国の外に出た。

後ろで重い扉が閉まっていき、完全に閉まって、

「さて、行こうか、エルメス」

「行こう！　キノ！」

キノとエルメスは、どこまでも平らで、紅葉が綺麗《きれい》な森の中を走り出した。

落ち葉がたっぷりと積もった道を、波を蹴立《けた》てるように舞わせながら、キノ達は走っていく。

そして、振り向いても城壁が見えなくなってから、

「やっと話せる！　思う存分に！」

エルメスが嬉《うれ》しそうに言った。

「やっと話せるね。さて、ボクの感想だけど……」

「ふむふむ」

「なんかこう、あまり飛《と》び抜《ぬ》けて変な感じは受けなかった。今住んでいる人達がどう思っているかは、分からなかったけどね」

「独裁が長いから、モンクを言わない人達だけが生き残って、国は良くも悪くも安定しちゃったし。それに、今まで訪《おとず》れた中には、もっとヘンテコな国がたくさんあったからねぇ」

「驚いたのは、政策の直接投票くらいかな。統領は、一体何を考えてそうしたのだろう？　そして、〝愚か者を殺す〟なんて、定義からしてあまりにも漠然《ばくぜん》としすぎているし、どうやって実行するかも分からない。一体、あの国はどうなってしまうのやら」

「そうなると、やっぱり結果が知りたい？　今から戻る？　リセットして今日から三日間ってことで、どう？」

「いいや、いい」

「そうだね。先に進んだ方が、面白いものが見られるよ」

「ん？」

キノが首を傾げた時だった。

進む先の道の上に、大きな馬が二頭と、一人の男の背中が見えた。


減速したキノに、エルメスが言う。

「キノ。馬を驚かして蹴《け》られないでね。あのサイズの馬に後《うし》ろ脚《あし》で蹴《け》られたら、たぶん楽に死ねるよ」

「それは恐い」

キノは、最徐行《じょこう》で近づいていった。

男も振り向いて、自分の馬と荷物の馬を道の左脇に寄せた。スルリと馬から下りると、道の脇の太い木に、馬を結び止めた。

道の右端《みぎはし》を走りながら、ゆっくりと近づくキノ達へ、男が大きく手を振って、

「どうする、お話しする？」

「そうだね」

キノは振り向いて後ろを確認してから、男と馬の脇を通《とお》り抜《ぬ》けた先でエルメスを止めた。

すぐにエンジンを切って、エルメスをサイドスタンドで立たせてから降りる。その際に何気ない動きで、右腿《もも》の『カノン』を一瞬だけ触った。

「やあ、旅人さん」

髭面《ひげづら》で長髪《ちょうはつ》でサングラスの男が言って、

「こんにちは。ボクはキノ。こちらは相棒のエルメス」

「どうもねー。統領さん」

「え？」

キノが声を上げて、

「わははは！　さすがだねえ！」

髭面《ひげづら》の男は笑い声を上げた。

「え？」

驚くキノの目の前で、男が顔からサングラスを、そして付け髭《つけひげ》をベリベリと取って、頭からは長髪のカツラをむしった。全てを、背中に放り投げた。

そして現れた顔は、間違いなく昨日テレビで見た男のそれだった。

「おかげで、説明が省けたよ。今はもう、統領ではないがね」

元統領の男は、楽しそうに言った。

「ボクには、もう少し説明が必要なようです。どういうことでしょうか……？　お忍《しの》びで旅、とか？　あるいは、普段《ふだん》からこうして外に出ることがある、とか……？」

「どっちも違うなあ。キノさん達、昨日の投票のことは知っているよね？」

「はい」

キノが頷《うなず》いて、

「もっちろん！　結果は知らないけど！　おっちゃんなら知ってる？」

エルメスが聞いた。

「実は私にも分からない。結果を絶対に教えるなと、もし教えたら殺すぞと、きつく部下に命じておいたからね」

「なるほど……」

「それで？」

「私は『投票で選ばれた国民を、全員必ず処刑しろ』——、そう部下に命令してから、国を出てきた」

「…………」

キノが黙り、そしてエルメスが訊《たず》ねる。

「どっち？」

「はい？」

キノはエルメスの言葉に顔をしかめて、

「ははは！　いいねえ！　実にいい！」

男は、心底楽しそうに笑った。屈託《くったく》のない、幸せそうな笑顔だった。

「エルメス……、〝どっち？〟とは？」

「〝投票で選ばれた国民〟って意味は、果たしてどっち？　ってこと。〝愚か者〟のことかな、それとも——」

「それとも？」

「〝愚か者を殺してもいいと投票した人〟かな？　って」

「あ……。なるほど……」

納得したキノが、男へと視線を戻した。静かに立っていた男は、

「後者だよ」

キッパリと、エルメスの質問に答えた。

「私の命令はこうだ。〝愚か者は殺してもいいなどと決断した愚かな人を殺せ〟。そんな愚か者は、これからの国には必要ない。そしてまた、やるべき事をした私も、もう必要ない。だから国を出てきた。戻るつもりもない」

「えー、おっちゃんがいなくて、これから国の舵取《かじと》りはどーすんの？　だって、アレ——、じゃなかった、独裁者なんでしょ？」

エルメスが身も蓋《ふた》もなく言った。キノがエルメスを呆《あき》れた様子で眺めたが、男はまったく気

にせずに、質問に答えていく。

「それならば心配ない。私が優秀だと信じる人を、年齢性別問わず十二人選んでおいた。彼等に、今後の国の舵取り《かじと》を全て任せてきた。これからは、合議の上で、彼等なりの政治を行うだろう」

「では――」

キノが訊《たず》ねる。

「最後の命令……、それが結局何人になったか予想も付きませんが……、実行されると思いますか？」

「そうそう、おっちゃんがいなくなった状態で」

「さあね。私には分からない。国民のうち何人が、愚かな決断をしてしまったのか。ひょっとしたら、ほぼ全員かもしれないね。今までの、私の信任《しんにん》投票のように」

「だったら、おっちゃんのせいだねえ」

「否定はしない。そして彼等を本当に殺してしまったら、あっという間に国が滅ぶかもしれない。そもそも、物理的に無理かもしれない。難しいが、十二人の判断で強引《ごういん》に実行されるのかもしれないし、一部だけされるのかもしれないし、一切されないのかもしれない。私は、それを知ることはない。知る必要もない」

「ふーん」

「なるほど。ありがとうございます」

キノが礼を言うと、男は満足げに笑みを浮かべた。

「で、旅に出て、おっちゃんはこれからどうするのさ？」

「好きなところに行くさ。まずは手始めに、ゆっくりと手を伸ばした。

男が、自分が乗っていた馬の鞍《くら》に、ゆっくりと手を伸ばした。

そこにあったライフルを摑《つか》んで、素早く抜いて、

「君を殺してからね！」

肩に構えると、キノへとその狙《ねら》いを、先端《せんたん》に開いた大きな黒い穴を向けた。

「えっと……、行きたいのが天国なのか地獄《じごく》なのかは分かりませんが……、お手伝いはお断りします」

突《つ》っ立《た》ったままのキノが淡々と言って、

「…………」

男は、ライフルを肩に構えたまま、動きを止めた。そして、

「なんで分かった？」

キノへと訊《たず》ねながら、構えていたライフルを、だらんと下ろした。

「ボルトの後ろが出っ張っていないことで、撃てないことは一目で分かりました。もう少し距離があれば、それが分からなかったので、抜いて撃っていたと思うんですが……」

「なんだ……。万が一にもキミを撃ってしまわないように、弾《たま》を入れていなかったのが裏目に出てしまったな……」

「そうですね」

「おっちゃん、優しい」

「じゃあ、今から急いで弾を入れるから、ちょっと待っていてくれないか？」

「いや、そうじゃなくてですね……」

エルメスが、

「無理に死ぬ必要ないのに」

〝今日は、傘《かさ》は必要ないのに〟と言うような、軽い口調で言った。

「いいや、私は死ななければならないよ」

「なんで？」

「それくらいの悪行を重ねたからだ。私はかつて、汚職《おしょく》だらけの政治にウンザリしていたから、国を思ってクーデターを成功させた。必死になって、できるだけ多くの人々を幸せにしようと努力した。そのためには、誰も反対できない、絶大なる権力が必要だった。反対する人を片《かた》っ端《ぱし》から処刑してきた」

「分かっててやってたんだ」

「もちろんだ。今日までずっと、自分のことを悪《あ》しき独裁者だと思っていたよ。それでも、自分の理想のために、やりたいようにやってきた。独裁を維持するため、監視社会にする必要があった。技術の発展に力を入れて、優秀な国民達の頑張りで、望む通りのものができあがって——」

「便利だったよ？」

「そうかい。そして、最後の最後にやりたかったのがあの投票だった。ずいぶんと時間がかかったが、望むことは、全てやれた。その後の事は、もうどうでもいい」

「〝後は野となれ山となれ〟だねぇ」

キノがエルメスをチラリと見た。見ただけだった。

キノが言う。

「ひょっとして、ボクが来たから、投票を実行したんですか？　そして今日、先に出国して道の上で待ち構えて、ボクに殺されるつもりだったと？」

「そうだよ。ずっと旅人を待っていた」

「うーん、用意周到《しゅうとう》。でもさ、あんまり言いたくないけど、自殺する方法だってあるのに、なんでまた旅人に、つまりキノに頼るの？　自分で死ぬのが恐かったとか？　宗教上の理由とか？」

「違う。私は、〝誰かに殺されなければならない〟んだ。大勢の人を殺してきた私が、自殺で終わるなど無責任すぎる」

「だってさ。キノ、同じ人間として、理解できる？」

「あんまり」

「だってさ。おっちゃん」

「いいさ。孤独には慣れている」

「まあまあ、あんまり気を落とさないで。この先旅を続けていれば、おっちゃんを殺してくれる、タチの悪いヤツらにも会えるよ」

「そんなに待てない。私は、旅などしたくない。故郷の国の近くで、今日さっさと死にたいんだよ」

男が革ジャンのポケットに手を突《つ》っ込《こ》んで、キノはすぐさま、『カノン』を抜いた。

「おっ？　やってくれるかい？」

「いいえ。右手の骨を撃ちます。必要なら左手も。そして止血して、あなたを殴《なぐ》って気絶させてから、城壁にとって返して助けを呼びます。あなたは、無事に助けられるでしょう」

「なんて残酷《ざんこく》な！　私には分かる、キミは人でなしだね。そんなことをしてなんになる？」

「報酬《ほうしゅう》がもらえる気がします」

「この強突《ごうつ》く張《ば》りめ！　いいからさっさと私を殺してくれ！」

「お断りします」

キノと男が言い合っている脇で、

「どっちにせよ早く決めてねー」

エルメスが他人事《ひとごと》のように言った。

次の瞬間、森の上から大きな鳥が、キノにも男にも見えない角度から急降下してきて、

「ん？」

エルメスが見ている前で、道をサッと横切った。

それは男の馬の目の前で、驚いた馬は体を百八十度回転させた。

馬を止めていたロープがほどけると同時に、そこにいた男の体にお尻《しり》がぶつかった。再び恐《きょう》怖《ふ》に駆られた馬は、後ろ脚を猛烈《もうれつ》な勢いで蹴《け》り上げた。

「げふっ！」

太く長い脚が男の腹部にめり込《こ》み、男の体が軽々と宙を舞った。

道の脇の太い木に頭から激突《げきとつ》した体は、一瞬で頭がありえない角度に曲がって、そのまま幹を滑るように、落ち葉の積もった地面に、静かに落ちた。

連なって道を逃げていく馬と、ピクリとも動かなくなった男を見ながら、

「…………」

キノが、『カノン』を右手に持ったまま、エルメスに訊《たず》ねる。

「これは、しまってもいいかな？」

「うん。もう必要ない」

第五話
「戦える国」
— Like You —

# 第五話「戦える国」
—Like You—


私の名前は陸《りく》。犬だ。

白くて長い、ふさふさの毛を持っている。いつも楽しくて笑っているような顔をしているが、別にいつも楽しくて笑っている訳ではない。生まれつきだ。

シズ様が、私のご主人様だ。いつも緑のセーターを着た青年で、複雑な経緯《けいい》で故郷を失い、バギーで旅をしている。

同行人はティー。いつも無口で手榴弾《しゅりゅうだん》が好きな女の子で、複雑な経緯《けいい》で故郷を失い、そして私達の仲間になった。


私達は、寒い空気の中をバギーで走っていた。

まだ暦《こよみ》の上では秋なのに、そして時間は昼過ぎだというのに、標高が高いこの地では、既《すで》に摂氏《せっし》一桁《けた》ほどの温度になっている。

抜けるように晴れた空の下に広がるのは、平らな大地だった。

乾《かわ》いた土地がどこまでも続き、草木はほとんど見えない。単に多くの人が通るから跡が付いているだけの道は、西に向かってずっと真《ま》っ直《す》ぐだ。凹凸《おうとつ》もほとんどない。

総じてとても走りやすい場所なのだが、時々、だいたい一時間に一回くらいだろうか、幅広《はばひろ》の川が浅く流れている場所に出る。

橋などなく、道は川にぶつかるとそのまま横切っている。あるいは、川が道を横切る。そのたびにシズ様は、バギーを止めて降りて、自らの足で水深を確認しにいく。

また川が見えて、シズ様はその手前でバギーを止めた。

どうしても冷たい水で足が凍《こご》えるが、ブーツを脱《ぬ》いでジーンズをめくって行うそれを、シズ様は決してサボらなかった。

「万が一にも深かったら、みんなで流されてしまうからね。行動は、臆病《おくびょう》すぎるほど慎重《しんちょう》な方がいい」

「…………」

分かっているのかいないのか、ティーは助手席で立ち上がって、その様子を眺めていた。私はバギーの脇に降りて、ティーの様子を眺める。

日の光はあるが弱く寒いので、ティーはいつもの服装に足して、帽子とマフラーをしている。

赤と白のツートンの毛糸の帽子と、同じ意匠《いしょう》のマフラーだ。

「大丈夫だ。問題なく渡れる」

シズ様が戻ってきた。

ちなみに深すぎる時は、浅い場所を探して渡河《とか》するのだが、その場合は川幅《かわはば》が広い場所を探す。同じ流れなら、幅広の方が浅いのは当然のことだ。

シズ様は足を拭《ふ》いて、靴下《くつした》とブーツをはき直し、いつもの緑のセーターの上からパーカーを羽織った。

運転席に座るとティーに顔を向けて、

「寒くないかい？　お腹《なか》は空いていないかい？」

ティーは、ふるふると首を振って答えた。

「では、もう少し走ろう」

私達を乗せたバギーは、冷たい水にタイヤを半分沈めながら、土埃《つちぼこり》にまみれた車輪やサスペンションをジャブジャブと洗いながら、ゆっくりと川を渡った。

飲み水は、その前の川でたっぷり補充《ほじゅう》してある。

シズ様は川を渡り切ると、バギーの速度を上げた。

一度綺麗《きれい》になったタイヤが、また汚《よご》れていく。

人工物が何もなかった景色の中で、その異物が目に入ったのは、それからすぐのことだった。

「ん？」

目のいいシズ様がすぐに気付いて、バギーの速度とギアを落とす。

「何か、たくさん転がっているな……。あれは……」

やがて、私にも分かった。

平らな大地の先、地平線の手前に、ゴミ粒《つぶ》のような黒い点がたくさん転がっている。やがて大きくなっていき、

「戦場だったんだな」

シズ様が気付いた。

進む先の大地にあった黒い点、それは破壊《はかい》された軍用車両の残骸だった。

トラックの荷台に大砲《たいほう》を積んだものや、車両を装甲《そうこう》板で覆って、タイヤをキャタピラにしたものなど。数は少ないが、本格的な戦車もあった。お椀《わん》のような砲塔《ほうとう》が内側から吹《ふ》っ飛《と》んで、数メートル離れたところで逆さになっていた。

全て破損している。車体ごとひっくり返っているものや、完全に黒焦《くろこ》げになっているものもあった。数は、百以上はあるだろう。

シズ様がさらに速度を落として、慎重に近づいていった。動くものの姿は、やはりない。そ

してバギーは、ゆっくりと、残骸の群の中に入っていく。

「それほど古くない……。一月ほど前か……」

車両の様子から見て取って、シズ様が言った。

確かに残骸は転がっているが、砂埃《すなぼこり》に埋もれている度合いは少ない。割と最近、ここで大規模な殺し合いが行われたのだ。

では死体が転がっているかというと、

「戦死者の遺体は、回収されたようだ」

シズ様曰《いわ》く、それはなさそうだと。

幅数百メートルの間に、数え切れないほどの残骸が転がる中を、時々それらを避《さ》けながら、バギーは進んでいった。

戦場跡で恐ろしいのは不発弾《だん》だ。落ちた爆弾《ばくだん》や放たれた砲弾《ほうだん》が、炸裂《さくれつ》せずに地面で、あるいは地中で眠っていることがある。少しでも盛り上がりがあれば、そこは絶対に避ける。

ところどころに、深さ一メートルはある大きな穴が開いていた。こちらは炸裂《さくれつ》した跡か。シズ様はそれらも避けて進む。

「おかしいな……」

シズ様がボソッと口にして、

「わかる」

突然ティーが同意した。今日初めて喋《しゃべ》った。

「おや？　何がですか？　ティー」

あえて私が訊《たず》ねた。

私も、状況《じょうきょう》を見てそのことに気付いてはいるが、ここはティーに言わせたかった。少しでもティーが喋《しゃべ》るのは、いいことだ。

そう思って返事を待つと、

「わかっているくせに」

ぎゃふん、とはこういう時に言えばいいのか。見透《みす》かされていた。

「あはは。じゃあ私が言おう」

シズ様がハンドルをゆっくり切りながら、

「戦闘《せんとう》が行われたというのに、もう一方の被害がない。これだけの車両がここで戦ったのなら、当然、相手側も無事では済まないと思うんだけどね」

そうなのだ。

転がっているのは、片側の軍隊の負けた様子だけ。

ここでの戦闘は、上空から一方的に撃たれたとか爆撃《ばくげき》されたかというと、そうではない。車両の被害の中に、前から撃たれた跡が幾《いく》つもあるからだ。人の頭ほどの穴が、装甲車《そうこうしゃ》の前に開いている。

相手側は大した被害も出さずに一方的にやっつけてしまった——、そう考えるのが一番分かりやすい。だが、そんなことが簡単にできるものなのか。

やがて私達は、謎の戦場跡を抜けた。

抜けて、再び真っ平らな大地の中を、速度を上げて走り出して、

「止まれ！」

突然の声と、目の前に地面から浮《う》かび上《あ》がってきた大砲に、行く手を阻《はば》まれることになった。

＊　＊　＊

「いや、驚かせてしまってすみません。旅人さんが、敵国のそれに酷似《こくじ》した軍用車両に乗っていましたので、どうしても警戒《けいかい》せざるを得ませんでした」

この日の夕方。

私達は、とある国の中にいた。

シズ様とティーと私は、城門を入ってすぐの場所にある、この国の軍隊の基地に招待されていた。

暖房の効いた室内で柔《やわ》らかなソファーに座り、目の前のローテーブルには湯気の立つお茶と、甘そうな匂いのする焼き菓子《がし》が並んでいる。

私達の対面に座っているのは、そして席に着くなり謝《あやま》ってきたのは、茶色の軍服をキッチリと着こなした四十代の男だ。

筋骨隆々《きんこつりゅうりゅう》、とても逞《たくま》しい体つきで、軍服を着ていなければ格闘《かくとう》家かレスラーに見えただろう。

「なるほど。ご事情分かりました。すぐに誤解を解いていただけたようで、感謝します」

シズ様も、丁寧《ていねい》に返した。そして、美味《おい》しいお茶のお礼を付け足した。

「おいしい」

ティーが、小さな焼き菓子を一口食べて言った。

シズ様は、軍人の謝罪をすんなりと了承したが――、

正直に言わせてもらうと、私はあの時、相当に肝《きも》を冷やした。

地面から突然迫《せ》り上がってきた大砲の黒々とした穴は、出た時には既にピタリとこちらに向けられていた。バギーの動きに合わせて砲口《ほうこう》が動き続けたので、ずっと真円に見えた。

次の瞬間にそれが光るのが、生きている間に最後に見る景色になるかと思った。

戦車に穴を開けてしまうあの巨砲《きょほう》の弾を、シズ様が刀で弾《はじ》けるとは思えない。いや、見たことがないだけで実はやってしまえるのか？　だとしたらやって欲しい。そんなことを一瞬考えた。

シズ様は、言われた通りにバギーを急ブレーキで止めて、
ハンドルから離した両手を高く挙げて、あらん限りの大声で叫んだ。

「旅の者だっ！」

静かな時間が流れた。撃たれずに済んだようだ。

「撃つな！　敵対の意思はない！」

土煙《つちけむり》がバギーを包む中、シズ様はそう叫び続けた。

やがて視界が戻ると、バギーからゆっくりと降りて、シズ様は両手を高く掲げて待った。

次の瞬間、目の前五十メートルほどの場所から、兵士達がモグラのように出てきた。

そこには人が隠れられるほどの穴があり、覆いがしてあり、土をかけてカモフラージュしてあった。その距離でもまったく分からなかった。見事な擬装《ぎそう》だった。

なるほどああやって敵の車両を待ち構えて、一方的に攻撃して屠《ほふ》っていったのかと、合点《がてん》がいった。

兵士達は土と同じ色の迷彩服を着て、手には連射可能なパースエイダー（注・銃器のこと）を持っていた。一秒に十発ほどを撃てる代物《しろもの》だ。あんなのに撃たれてはたまらない。

近づいて来て分かったのだが、兵士達全員が異様な雰囲気を出していた。

顔に感情が見えない、良く言えば冷静沈着《ちんちゃく》、悪く言えばロボットのような兵士達だ。以前シズ様と、国民全員が仮面を被っている国に行ったことがあるが、どこか似ていた。

「我々は、この先にある国の防衛軍である。旅人であるのなら、攻撃することはない。ただし、以後状況の安全が確認されるまで、全てこちらの指示に従ってもらいたい」

兵士が大声で言った。

バギーのすぐ側まで近づかず、三十メートルほどの距離を取ったのは、いまだに油断していないからだ。民間人のフリをして車で近づき、自爆《じばく》して敵に被害を与える戦い方だってある。

シズ様は、全てに了解する旨《むね》を告げた。

それから、細かな指示を受け、シズ様だけがまず兵士達に近づき、ボディチェックを受けた。続いてティーと私。最後は全員をバギーから離してから、車体と荷物の徹底的《てっていてき》なチェック。周囲を警戒しつつ、テキパキと仕事をする兵士達を見ながら、

「いい練度だ。かなり強い軍隊だな」

シズ様が言った。私が思うところを述べる。

「どこか、ロボットめいた冷たさを感じますが」

「それはよく分かる。だが、戦場で必要な人は、そういう人なんだ」

なるほど。復讐《ふくしゅう》のために己を鍛《きた》えんと、命がけの傭兵稼業《ようへいかぎょう》をしていたシズ様が言うと納得できた。

それから全ての安全が確認され（ティーの手榴弾《しゅりゅうだん》は少々説明が必要だったが）、私達は国へ向かう許可を得た。

地下に隠されていた四輪駆動《くどう》車がヒョッコリと出てきて、以後の道を先導してくれた。少なくともこれで、城壁に近づいただけで撃たれることはあるまい。

城壁では入国審査が行われて、私達は許可を得た。移住については、国として認めていないとのことで、またも短期滞在だ。

そして、軍事基地でお茶とお菓子《かし》を振《ふ》る舞《ま》われている今に至る。

「我々は、頻繁《ひんぱん》に周辺国から攻撃を受けていましてね。悲しいかな、臨戦態勢を敷いています」

軍人が言った。

なぜそんなことを口にしたのか？　その理由を、シズ様はすぐに理解する。

「なるほど。それを知らぬ他の旅人に会ったら、重々注意するように伝えておきます。そしてまた、別の旅人に伝えるように、とも」

「大変に助かります。国の中は安全ですので、ごゆっくりご滞在をお楽しみください」

「ありがとうございます」

シズ様はお礼を言ってから、多少のお世辞も忘れない。

「お世話になった兵士達にも、よろしくお伝えください。大変によく鍛えられ、統率《とうそつ》の取れた強兵だと感じました」

「嬉《うれ》しいですね。我々は、他の国にはない特別な方法で兵士を鍛えています。それは――」

軍人が相好《そうごう》を崩してそう言い出して、私は正直驚いた。自分の国の軍隊の秘密を、ペラペラと喋《しゃべ》っていいものなのかと。

しかし、教えてくれるのなら知りたいので、黙っていた。

「それは？」

言いたそうなのを察したシズ様が、これ幸いと、興味深そうに乗った。

そして、軍人は答える。

「脳の制御です。我が国では、兵士達の脳に電気的な刺激《しげき》を加えて、人の感情をコントロールしているのです」

その一文だけ聞くと、かなり危険な感じがする。

詳しく知りたい。それは、

「と、言われますと……？」

シズ様も同じだったようだ。

「…………」

ティーは黙っていたが、お菓子を食べる手が止まっていた。

「我が国では、最前線の過酷《かこく》な状況で戦う兵士達の脳に、特殊な電気刺激を加えます。特に名前はなく、我々は単に〝処置〟と呼んでいます。これにより、兵士達の脳の一部の活動は制限されます。それらは──」

それらは？　私は心の中で相槌《あいづち》を打った。

「まずはなんといっても〝恐怖〟。相手に殺されるかもしれないという恐怖。これに打ち勝てないと兵士にはなれませんが、人間はそんなに簡単に克服《こくふく》できません。だから、最初からその恐怖を拭《ぬぐ》い去《さ》る処置をするのです。しかし、まったく恐怖心がなくなってしまうのも問題です。何も考えずに砲火《ほうか》の前に突撃《とつげき》するような兵士では困りますからね。撃たれることを避けるように、ある程度は残します。ただ、〝恐怖に身がすくんで何もできなくなる〟ことはありません」

「なるほど。他には？」

「次に、〝興奮〟を制限します。戦闘下において、人間はどうしても興奮します。相手を叩《たた》きのめす興奮──、それは殺人の快楽とも言ってもいい。この興奮は、時に兵士をサディストや野獣《やじゅう》に変えてしまいます。敵兵に対して、過剰《かじょう》なまでの攻撃をしてしまったり、捕虜《ほりょ》を虐待《ぎゃくたい》したりしてしまう。それでは困るのです。兵士は、氷のように冷静に敵を倒さねばなりません。また、敵国占領《せんりょう》後に武器を持たない民間人を殺したり、略奪《りゃくだつ》や拷問《ごうもん》、強姦《ごうかん》などを働いたりしてもならないのです」

「なるほど……。他にも？」

「はい。最後に、もっとも重要な感情を、戦うために制限します。それは、〝忌避《きひ》〟です。先ほどまでと矛盾《むじゅん》しますが、人間には、〝人を殺したくない〟という忌避感が常に働きます。平和な国内で法を守って暮らしている人達には、当たり前のようにある感情です。なければ困る感情です。でも、そのおかげで戦場において人を殺せないのでは、軍隊は困るのです。だから、人を殺すことを嫌《いや》がらないようにするしかありません」

「なるほど……。よく分かりました」

シズ様が言った。それから訊《たず》ねる。

「兵士達はその処置をされて戦場に出て働き、そして帰ってきた時は、どうなりますか？」

「ご心配いりません。平和な国内に戻る時は、その処置を全て解除します。死をちゃんと恐れ、人を殺すことを嫌がる〝まっとうな人〟に戻ってから、城門をくぐるのです。戦闘時の記憶は残りますが、感情的なダメージは残りませんので、それを引きずる事はありません。〝国のために立派に役目を果たした〟と胸を張って生きていけます」

「少々込《こ》み入《い》ったことをお聞きします。国内で、この処置に反対する人は？」

「最初はいました。このシステムが発明された直後は、〝人間でロボットを作るのか！〟と反対運動が。しかし、その後に周辺国の攻撃が激しくなり、それに対する手段としての有効性が認められてからは、誰も反対しなくなりましたよ。実際、兵士の損耗《そんもう》率は著《いちじる》しく減って、戦闘で負けることも、ほとんどなくなりましたからね」

「納得しました」

「しかし正直に言うと、本当はこんな処置をせずとも済めばいいんですけどね……。どんな戦場でも死の恐怖を一時的に無視して冷静に戦えて、残酷な場所では己や仲間を守るために残酷なことができて、平和な場所では平和な暮らしを楽しめる人がいれば……」

軍人が言った。重い口調からは、真《しん》にそれを望んでいる様子が窺《うかが》える。

「でも――、そんな人間はごく少数しかいない。そう、今私が話している人のような」

これには、

「…………」

シズ様も黙るしかなかった。

この軍人さん、さすがにずっと戦ってきただけあって、戦える人を見る目は確かなようだ。

どこか遠いところを見ながら、

「自分は長く軍人をしていますが、最初からシズさんのような人ばかりが部下だったらどんなにいいかと思いますよ。もちろん、無い物ねだりなのは分かっています。それでも、若い兵士達の脳をいじくるのは、国のためとはいえ、必要な処置とはいえ、楽しいことではないんです」

切なそうに言葉を続けた。

それから私達は、夕ご飯が入らなくなるのではないかと危惧《きぐ》するほど、お茶とお菓子をたっぷりとご馳走《ちそう》になった。ティーは、いったい何個食べたのやら。

お礼を言って席を立ち、部屋を出ることになったのだが、

「ひとつ、しつもん」

ずっと黙っていたティーが、突然言って驚いた。

「なんでしょうか？　お嬢さん」

軍人は、ティーの目線の高さまで腰を下ろした。

「このくにに、しょっちゅうせめられるようになった、りゆうは？」

「ああ、とてもいい質問だね。それはね――」

「それは？」

「このシステムを欲しがる国が、とても多いんだよ」

第六話

# 「狙撃犯のいる国」

— Trigger Control —

# 第六話「狙撃犯のいる国」
## —Trigger Control—

一台のモトラド（注・二輪車。空を飛ばないものだけを指す）が、雪で覆われた世界を走っていた。

「眩《まぶ》しいねえ」

「眩《まぶ》しい」

「白いねえ」

「白いな」

周囲は、木がまばらに生える草原だった。なだらかな丘《おか》がいくつか見えるが、基本的には真っ平らで、周囲は地平線に囲まれている。

冬もそろそろ終わりの時期で、東の空に出てきたばかりの太陽の光で、積もって固まった雪が輝いていた。上空に雲一つなく広がる蒼穹《そうきゅう》より、地面の方が明るかった。

気温は、摂氏《せっし》でマイナス数度。

モトラドの運転手は、全身に冬装備を纏《まと》っていた。

ダークグリーンの、綿入りでモコモコした防寒着の上下を着て、腰を太いベルトで締めている。

ベルトに通して、お腹《なか》の位置に斜《なな》めにホルスターが装着されていた。中には、リヴォルバータイプのハンド・パースエイダー（注・パースエイダーは銃器。この場合は拳銃）が収まっていた。

頭には、鍔《つば》と耳を覆う垂れのある帽子を被り、さらにその上に防寒着のフードを被っている。顔には、黒いレンズのゴーグルと、緑色のバンダナ。

手には、やはり分厚い冬用のグローブ。足元のブーツも断熱材入りの大きめのもので、雪が入らないように膝下《ひざした》までカバーしている。

モトラドもまた、冬仕様に改造されていた。

タイヤは前後とも、スタッド（鋲《びょう》）を内側からたくさん打《う》ち込《こ》んであって、硬く締まった雪でも、凍《こお》った場所でもグリップするようになっていた。

車体フレームの左右から鉄パイプのアームが突《つ》き出《で》て、バネの力で少し浮くように設計されていた。その先端には、スキーが装着されている。運転手はそこに両脚《りょうあし》を乗せて、スキーを雪原に押しつけるようにして走っていた。

後輪の上のパイプキャリアには、いつもの革鞄とは別に、燃料の缶が多めに積んで縛り付けてある。

雪原には、等間隔《とうかんかく》で高い柱が建てられていた。

目立つように、赤く塗られた柱だった。電柱のようだが、電線は走っていない。しかしそのそのおかげで、そこに道があることが、つまり川や穴がない事が分かるようになっていた。しかし運転手は柱をたぐるように、速くなく、しかし決して遅くもない速度でモトラドを走らせていく。

「見えてきた」

「見えてきたねえ」

赤い柱が連なる先に、灰色の城壁が姿を現した。

「えー、キノさんに、エルメスさん。今から重要な事を言います。我が国では、科学技術の発展速度を、意図的に抑《おさ》えています。ですので、外国人がこの国より技術力の高い物を持ち込《こ》んだ場合、決して国内に置いていくことなく、全て持って出国しなければなりません。了解いただけない場合、入国許可は出せません」

たどり着いた城門で、キノと呼ばれた旅人は、そして、エルメスと呼ばれたモトラドは、初老の男性入国審査官にそう言われた。

「あらま。なんで？　あ、〝なんで抑えているの？〟って意味で」

　エルメスが聞いて、答えはすぐに返ってくる。

「簡単です。社会を安定させるためです。新しい科学技術は、人を幸せにするより不幸にするからです。多くの人間は、新技術に心構えが追いつかず、悲しく愚かな使い方をして、自分や周囲の人達を傷付けてしまう。新技術を持てる者と、持たざる者との経済的な格差も生み出す。旅人さん達は、そんな国を見てきませんでしたか？」

「まあ、あったかもね。いや、あったね」

　エルメスがすんなり納得して、キノは入国審査官に訊《たず》ねる。

「了解しました。どんな物が該当《がいとう》しますか？」

「ではこちらへ」

　キノは広い部屋に案内されて、手荷物の全てを、大きな机の上にずらりと並べることになった。

　着替《きが》えやキャンプ道具など、ほとんどの物は問題なかったが、

「まず、モトラドさんはダメですね。我が国にもエンジンが付いている車両はありますが、ここまで排気量が大きくて精巧《せいこう》なエンジンはない。まあ、キノさんの旅の足ですので、この国で売って出ていくとは、到底《とうてい》考えられませんが」

　入国審査官が、書類を書きながら言った。

「当たり前だよー」

「あと、パースエイダーですが、そちらの四四口径リヴォルバーは大丈夫です。薬莢《やっきょう》を使わないタイプは現在我が国にもあります。ただ――」

入国審査官が、細身の自動式、キノが『森の人』と呼ぶハンド・パースエイダーを指さした。

「こちらは、小さいですが薬莢《やっきょう》を使うことができ、着脱《ちゃくだつ》式の弾倉《だんそう》で、連射性能が高いのでダメです。それから――」

とある国で押しつけられるようにしてもらった、前後分割《ぶんかつ》式ライフル。『フルート』とキノが呼ぶ一丁を指さした。

「こちらも当然ダメです。絶対に国に残していってはいけません。特徴《とくちょう》を今から記載《きさい》して書類を作成します。出国時にこの二丁を持っていないと、大変なことになりますよ」

「えっ？　〝大変〟って、具体的には？」

「なんで楽しそうなの？　エルメス」

「まあまあ」

「簡単に言えば、その場で逮捕されて、裁判で懲役《ちょうえき》十年は食らいます。この国の刑務所を体験していただくことになります」

「だってさ！　どうする？　キノ」

「これらは全て持って出ます」

「はい、それがいいと思います」

エルメスが、入国審査官に訊《たず》ねる。

「国の中で見せびらかすのは、いいの？」

「あんまり歓迎《かんげい》しませんけど、違法《いほう》ではありません。そうじゃないと、乗り物で来た人が、国内の移動もできなくなってしまうでしょう？」

「あ、そりゃそうだ」

「ただ、パースエイダーは、できるだけ人に見せない方がいいかと。万が一盗《ぬす》まれたら、取り返すまで出国できなくなりますからね」

それから入国審査官は、エルメスと『森の人』と『フルート』の特徴を細かく記載していった。あちこちのサイズを細かく測った。

それから、この国には写真機がないので、外見的特徴を絵にしていった。

「上手！」

「これが仕事ですので」

かなり絵は上手《うま》かった。

手作業で全ての書類を作り終えるまでかなりの時間がかかり、お茶を飲みながら待っていたキノが入国した時には、太陽が一番高いところにあった。

城門をくぐって国内に入ると、雪原を割って走る道路は石畳《いしだたみ》で舗装され、綺麗《きれい》に除雪もされていた。

エルメスの左右のスキーは、アームにつけたバネの力で浮かび上がるので、よほど車体を傾《かたむ》けない限りは地面に擦《す》る心配はない。キノは雪がない快適な路面を、スタッドタイヤでガリガリと、少し削《けず》りながら走っていった。

畑とおぼしき平らな雪原の中を走ることしばし。キノ達は、石造りの家々が並ぶ、この国の最初の町を見つけた。町中に入ると、その中央に、人が多い広場があった。

石畳が綺麗《きれい》に敷《し》き詰《つ》められた、噴水《ふんすい》の石像が見事な広場だった。広場を従えるようにして背の高い時計塔《とう》があって、針が午後の一時過ぎを告げている。

その下に、広場の一角を使い、木製の臨時ステージが設けられていた。

そこでは選挙演説をやっていて、壇上《だんじょう》では中年の男性が拡声器を持って喋《しゃべ》っていた。彼の周囲には、黒い背広姿のボディガードが、人の壁で守るように立っていた。

彼を見に来たのか、それともそうでないのか、それなりに多い数の人達が、広場に集まっていた。ほぼ氷点下の寒い空気の中、人々は熱心に政治家の演説を聞いていたり、広場を囲む屋台でご飯を食べていたりする。

雑踏《ざっとう》警備のためか、周囲に警察官の姿も多い。紺色《こんいろ》で厚手の制服を着て、腰には樫《かし》の木の警棒を提げている。

　キノは、広場に入る前にエルメスを止めた。

「お祭《まつ》り騒《さわ》ぎだね。ちょっと警戒が厳重すぎるけど」

　エルメスの言葉を聞いたキノは、

「ちょうどいい。あの中に混じって――」

「混じって？」

「屋台で食べ物を買ってくる」

「だと思った」

　キノは広場の脇へと、つまり屋台へと、足取り軽く向かった。

「おや、旅人だ」

「珍しい」

「ようこそ我が国に」

　それなりに注目されながら、キノは広場の人混みに入っていく。屋台のいくつかをじっくり吟味《ぎんみ》してから、これだと思うものを決める。

　キノは、ふっくらした蒸《む》しパンの中に挽肉《ひきにく》料理が入っているものを三つ買って、広場の端《はし》に止めたエルメスの元に戻ってきた。

　紙に挟まれて、熱々で持ちにくいそれを手袋《てぶくろ》で掴《つか》んで、一口目を豪快に食べる。

噛《かじ》って、咀嚼《そしゃく》して、飲《の》み込《こ》んで、

「これは美味《おい》しい。寒い場所にピッタリだ」

キノの笑顔が、蒸しパンの湯気に包まれた。

「それは良かった」

エルメスが言った次の瞬間、壇上で熱く演説していた男の声が、

「ぐがっ」

奇妙《きみょう》な終わり方をした。

体がぐらりと揺れて、そのまま前へと倒れた。マイクが床《ゆか》にぶつかる音が周囲に響いて、続いて群衆が息をのむ声が混じった。

「ん？」

キノが、二口目を食べながら言って、

「あの人、撃たれたね。胸だったから、死んじゃったかな？」

エルメスが、なんでもない事のように言った。


「旅人さん——、とモトラドさん。目撃《もくげき》証言を集めている。協力してほしい」

混乱する広場を見ながら、買った蒸しパンを全て食べ終えたキノへ、制服の警官達がやって

来た。若い男と、中年の男の二人組。

「何が起きたか、見聞きしたことを全て教えてほしい」

キノとエルメスは——、主にエルメスが、正直に答えた。

この場所でキノが食事をしていたら、壇上の男が突然倒れたこと。狙撃されたであろうこと。ボディガード達が混乱しながら、ピクリとも動かない男の体を運び出したこと。広場がずっと、悲鳴と怒号《どごう》で大騒ぎだったこと。

「ふむ。発砲音《はっぽう》は聞いたかい？」

中年の警官が聞いて、キノがまず答える。

「いいえ、ボクには何も聞こえませんでした。演説もありましたし。エルメスは？」

「それが、まったく聞こえなかったんだよね。可能性は二つ。発砲位置がとても遠いか、サプレッサー、つまり〝発砲音抑制器《よくせい》〟を使っているか。あるいはその両方。あ、三つ。可能性は三つね！」

「またか……」

若い警官が漏らした言葉を、キノもエルメスも聞《き》き逃《のが》さなかった。そして、エルメスだけが空気を読まずに言う。

「〝また〟？　——ってことは似たような狙撃事件は過去にもあって、それであんなにボディガードが付いていたんだけど、また防げなかったんだね！」

「……………」

若い警官が黙り、

「この先は、君達《きみたち》には関係ない話だ」

中年の警官が、つっけんどんに言ったときだった。

「そこの旅人！　――いや、制服！」

背広を着た、顔の髭《ひげ》も顔の形も厳《いか》つい男が、叫びながら近づいて来た。毎日叫ぶとこうなるのかと思えるほどの、濁《にご》りに濁った濁声《だみごえ》だった。迫力《はくりょく》はあった。

制服警官二人が敬礼をしたので、彼が刑事《けいじ》だと、キノ達にも分かった。

駆《か》け寄《よ》った刑事はキノ達を指さして、警官二人に向けて、

「コイツは、どこにいた？　撃たれた瞬間、広場にいたか？」

きつい調子で訊《たず》ねた。中年の警官が、弱々しく答える。

「はい、そう聞いておりますが……」

「お前がその目で見たのか？　間違いないのか？　何もしていないか？」

「あ、いえ、自分の目で見てはおりませんが……」

「それではダメだろうがっ！　もういい！　お前等は警備に戻れ！」

刑事が喧嘩腰《けんかごし》で命令して、二人の警官はムスッとした顔で去っていく。

彼等が遠くに行くのを待ってから、

「はいー、ちょいとー、刑事さーん」

気の抜けた声で話しかけたのは、エルメスだった。

「キノはここでずっとご飯を食べていたよ。モリモリと。ガツガツと。〝えっ？　そんなに食べるの？　本当に今、買ったソレを全部食べちゃうの？　あとでポンポン痛くならない？〟って心配になるくらいに。左から三軒《げん》目の屋台のおっちゃんに聞いてみるといいよ。つまりは、犯人じゃない」

「エルメス……。ひょっとしてボクは、疑われてる？」

「一応疑われているよ。『フルート』を、この国にはない、高性能のパースエイダーを持ちこんだじゃん？　あの情報が伝わっていて、キノがすごく遠くから狙撃した可能性を考えているんだよ」

「なるほど……」

「でも、〝実際は違うんだろうがなあ〟とも思っているよ。その刑事さんは」

「う……」

ばつの悪そうな顔をした刑事を横目に、キノは頷《うなず》く。

「そうだね。似たような、音のない狙撃事件は過去にもあったわけで。さっき入国したボクがその犯人のわけがない」

「そーゆーこと！　犯人は別にいて、たぶん同一人物で、まあ同一の凶器《きようき》だろうね。だからキノは関係ない。今回は偶然《ぐうぜん》居合わせただけ。さーて、お巡《まわ》りさん達のお話が済んだら国を観光して回ろうか。これ以上この国の犯罪に付き合う義理も義務も趣味もないからねー」

エルメスが、実にわざとらしく言って、

「エルメス、意地悪だよ」

「そう?」

「この刑事さんは、ボクの知恵《ちえ》を借りたくて、わざわざ来た気がする。そして、制服警官をわざと怒って追《お》い払《はら》った」

「えー? ちがうんじゃないかなー? そんなこと、この人全然何も言ってないよー?」

容赦《ようしゃ》なく言い放ったエルメスを少し憎《にく》らしげに見ながら、

「旅人さんに、協力を頼みたい……」

刑事が素直に言った。小さく頭を下げた。

「いいでしょう! お礼に、ボクに何を食べさせてくれますか?」

エルメスがキノの真似《まね》をして言ったが、

「似てないよ」

似ていなかった。

キノ達が、警察署に到着したときには、十六時を回っていた。

エルメスは小型トラックの荷台に、キノは助手席に乗って、その国の首都である街まで、そしてそこにある、大きな警察署まで移動した。

小型トラックは、この国で一番多く走っている車だった。幅が狭《せま》く、二人が乗ると肩が触《ふ》れ合《あ》うほど狭い。長さも、三メートル半ほどしかない。荷台に斜めに載せられて縛り付けられているエルメスは、かなりギリギリだった。

後輪はタイヤではなく、車体より幅広の二列のキャタピラになっていた。細い前輪の両脇には太いソリを装着し、積もった雪の上でも難なく走れるようになっていた。

車とスノーモービルを足して二で割ったような機械で、

「これ、かなり便利だね。こういう絶対に必要な技術はオッケーなんだね。柔軟《じゅうなん》」

エルメスが、道すがら荷台から言った。そして、

「ただ、燃料タンクが運転席の下で剝《む》き出《だ》しは良くないかな。衝突《しょうとつ》したら、燃料ダダ漏れだよ？　設計者出てこい」

そう付け足した。

二ストロークエンジン特有の白い煙《けむり》をもうもうと吐《は》きながら、小型トラックは、首都の町中を走《はし》り抜《ぬ》け、とある立派な建物の裏の駐車場《ちゅうしゃじょう》に止まる。

建物へと入り、キノ達が案内されたのは、死体安置所の前だった。

髭《ひげ》の刑事はキノに、

「あんなものを持って旅を続けているのなら、死体の百や二百は見慣れているんだろう？　今さらビビるタマじゃないよな？」

そう言って容赦《ようしゃ》なく、大きなスイングドアを押《お》し開《あ》けた。

「偏見《へんけん》だ！　その通りだけど！」

キノは無言で、刑事に応えたエルメスを押して入室する。

冷たい空気と強烈《きょうれつ》な消毒液の臭《にお》い、それでも混じる血の香りが充満《じゅうまん》した、無機質な石組みの部屋だった。一面の壁には死体を入れるロッカーが並んでいて、白い布に包まれた死体の足に、番号を書いたタグがぶら下がっていた。

部屋の中央に、一体の死体が、金属テーブルの上に無言で横たわっていた。少し暗めの部屋の中で、明るいダウンライトが、血の気のない体を眩《まぶ》しく光らせていた。

それはさっきまで熱く演説をしていた中年の男の死体で、全裸《ぜんら》で、胸の中央には小さな穴が開いていた。金属テーブルから流れた血が、少しだけ床で固まっていた。

部屋の端で、白衣の女性が、木製のイスに座っていた。書類に何か書き込《こ》んでいた手を一度止めた。そしてまた動き出して最後まで書き切ると、万年筆を置いた。最後に、キノ達へと、首だけを向けた。

「ドクター。現場にいた旅人を連れてきた」

医者と呼ばれたのは、白衣を着た三十代後半に見える女性だった。

化粧《けしょう》気のない青白い顔に、雑に揃えられた茶色の短い髪。そして、ほとんど生気を感じさせない眠そうな目つきで、

「なんで？」

開口一番、刑事に向かって、つまらなそうに疑念を口にした。

刑事は、そんなぶっきらぼうな女性の言動など慣れっこなのか、まったく気にせず返す。

「この旅人は、我が国にはない高性能パースエイダーを持っている。おまけに広場でメシを食っていて狙撃の瞬間に立ち会っている。その意見は参考になるだろう」

「どうだか」

「いいから、話くらいはしてくれ。分かっているだろ？　今は、どんな情報でも欲しいんだよ」

「はいはい。そうでしたね」

女性が、イスから立ち上がった。

金属が少し軋《きし》む音がした。女性は左足に、スラックスの上から膝関節《しつかんせつ》補助具をつけていた。

腿《もも》の下部と脛《すね》の上部を固定して、間に渡した金属板と蝶番《ちょうつがい》で膝《ひざ》を支える装置で、女医は金属製の松葉《まつば》杖《づえ》を手に立ち上がると、右脇に挟んだ。

キシキシと補助具の音を立てながら、女性はゆっくりと数歩進んだ。死体テーブルの前に立つと、死体越しに、キノを眠そうな目で見据《みす》えた。

「旅人さん、お名前は？」

「ボクはキノ。こちらは相棒のエルメス」

「初めまして。私はドクター・メンダ。ドクでもドクターでも、好きなように呼んで」

「じゃあドクター、とりあえず座って」

エルメスが言って、

「人間より、機械の方が気が利《き》くとはね。そうさせてもらうわ」

メンダは、数歩戻って、死体テーブルの脇のイスに腰掛けた。

キノはさらにエルメスを押して、その反対側で、死体の脇に立った。エルメスをスタンドで立たせた。髭《ひげ》の刑事は、死体の頭側に立った。

「ボクにできることが、それほどあるとは思えませんが……」

キノが言って、メンダは顎《あご》をしゃくって答える。

「かもね」

「それでも、なんでもいい。気付いたことを言ってくれ」

刑事が言った。手には手帳とペンを持って。

「気付いたことと言われても……」

「キノ、思ったコトを正直に言えばいいんだよ。〝この部屋は寒いぞ〟とか、〝客には温かいお茶くらい出せよ〟とか」

「えっと……、この男性の死は、狙撃でした。一発です。前から胸を射抜《いぬ》かれ、心臓を破壊されて即死《そくし》です。今は見えませんけど、背中側はかなり酷いことになっていると思います。弾丸《だんがん》は、背中側に飛び出したと思いますが、あの場の大混乱で、見つけられなかったようですね」

「ほう、さすが」

メンダがニヤリと笑って言った。

そして、両手で顔の大きさほどの輪を空中に作る。左手の小指に着けた小さな指輪が、死体を照らすダウンライトでキラリと光った。

「体内に与えられた圧力で背中の皮膚《ひふ》が弾《はじ》けて、こーんな穴になってるよ。心臓や肺の破片《はへん》が、一緒に吹っ飛んでる。相当に速い弾丸が突《つ》き抜《ぬ》けないと、人間の体っていうのは、そんなことにはならないハズなんだけどね」

「ありえん」

刑事が忌々《いまいま》しそうに言った。

「この国のパースエイダーでは、無理？」

エルメスの問いに、メンダが答える。

「無理だね。この国のパースエイダーは――、主に警察やハンターが使っているのは、〝フリントロック式〟って奴《やつ》だ。分かるかい？」

「分かります」

キノが頷《うなず》いた。

それは、火薬と弾丸をバレルから入れて押《お》し込《こ》んで、着火は火縄ではなく〝フリントロック〟、つまり火打ち石で行うタイプのパースエイダーだった。『カノン』が、着火に雷管《らいかん》を使うタイプで、パーカッション式。フリントロックはそれより一世代前の構造になる。

「なるほど……。フリントロックならバレルはライフリングのない筒状《つつじょう》で、弾丸は鉛《なまり》の一発弾で球状。つまり、もっと大きくて重くなる。撃たれた穴がこんなに小さいわけはないし、貫通《かんつう》力は落ちる。もし弾丸を小さくしても、弾速《だんそく》が遅いのでここまで威力《いりょく》は出せない。そもそも命中精度が悪いので、一発で当てるには、かなり近くから撃たなくてはならない。あの広場で、遠くから狙撃してここまでできる能力はない……」

キノがつらつらと述べると、メンダが嬉《うれ》しそうに拍手《はくしゅ》をした。

「すばらしい！　刑事さん、この旅人を警官に採用できないかね？　絶対に役に立つよ？　来訪がもう一年早かったら、今頃《いまごろ》は、裁判も処刑も終わっていたかもしれないね」

「皮肉はいい、ドクター。——キノさん、今回我々は、周囲三百メートルを完全に警戒していた。我が国のパースエイダーなら、二百メートルが有効射程だからだ」

刑事が言った。キノが頷《うなず》く。

「しかし、それ以上を狙って撃てる、しかも音がしないパースエイダーがあるということだな？　この世界には」

「はい」

キノが頷《うなず》くと、対面にいた女性が鼻で笑った。

「はっ！　だから他に考えられないって、〝有り得ない道具が有り得たに違いない〟って、私がこの場で何度も何度も言ったのにさ、あんたらはさ」

「――キノさん、具体的にはどれくらいだ？　あんたの知るパースエイダーなら、どれくらいの距離《きょり》まで、人を狙《ねら》い撃《う》てる？」

「ボクも持っている七～八ミリクラスの口径でしたら、八百メートルまでは普通に人体を狙い撃てます。風がない、地形の変化がない、標高が高い、などの条件が良ければ、一千メートルでも可能かもしれません。さっきの狙撃は……、たぶん町の外からでしょう。弾丸は、雪原のどこかで撃たれて、大通りを真《ま》っ直《す》ぐ飛び抜けていったのだと思います」

「なんてこった……。周囲一キロなんて警戒できるか！　そんな距離から撃たれるなんてことになったら、誰も外に出られなくなる……」

「だから出なければいい。これも言ったよね？」

「そうだなありがとう。しばらく黙っていてくれないか？　ドクター」

「はいはい」

そう言って黙ったメンダの代わりに、エルメスが刑事に言う。

「事態は思ったより深刻みたいだねぇ。ちょいとお聞きするけど、今まで何人が、似たような〝有り得ない〟狙撃で殺されたの？」

「四人だ……。今日、五人になった。この二年の間に、数ヶ月おきに起きてきた。犯行声明はない」

「なるほど。そりゃ大変だ。殺された人達の共通点とかは？」

「あれば助かるんだがな……。被害者の職業も、性別もバラバラだった。犯人を目の前にしたら、それだけは答えてもらいたいものだ」

「ちゃんとメモしてね」

「取らなくても忘れるものか」

キノが、やんわりと口にする。

「参考になるか分かりませんが、ボクのパースエイダー、お見せしましょうか？　入国の際、なるべく人に見せないようにと言われていますが、ここでならいいですよね？」

「頼む」

キノは、エルメスに積んだ革鞄の固定を解いた。そのまま蓋を開けると、前後に分解して収められていた『フルート』を取り出し、テキパキと結合させて一丁の形にした。先端に、円筒《えんとう》状のサプレッサーを装着した。

その間ずっと、刑事は禍々《まがまが》しい物を見るような目で、メンダは相変わらず眠そうな目で、キノと『フルート』を見ていた。

キノは、マガジンから一発だけ、弾丸を取り出した。

金色に光る弾頭《だんとう》が、色味は違うがやはり金色に輝く真鍮《しんちゅう》製の薬莢《やっきょう》に結合されている。弾薬《だんやく》全体の長さは八十ミリメートル。弾頭の直径は、規格で七・七ミリメートル。

「先が鋭《するど》いな……。こんな弾が、超《ちょう》高速でかっ飛んでくるのか……」

刑事が、あきれ顔で言った。

じっと見ていたメンダが、口を開く。

「ちょいと喋《しゃべ》らせてもらうよ。これ、弾丸の速度はどれくらい出るの？」

「測ったことはないんですが……。エルメス、分かる？」

「ざっとだけど、八百メートル毎秒。ちなみに初速だからね。飛び出した直後の速度。すぐに空気抵抗でどんどん落ちていくよ」

「ふーん」

「ドクター、それは、この国のパースエイダーに比べてどうなんだ？」

「さあ？　速いんじゃない？」

「おい」

エルメスが、助け船を出す。

「そりゃあもちろん速いよ。この国のパースエイダーを知らないけど、フリントロックで鉛弾でしょ？　音より遅いでしょ？　二百メートル毎秒くらい？　だとしたら四倍の速さだね」

「四倍かー。そりゃあ、速いわ。人体がこんなになっちゃうの、納得だわ。医者としては、こんな狂《くる》った威力の武器が何に必要なのか、理解に苦しむけどね。ありがとね」

キノは、『フルート』を持ったまま、

「事件に使われたのは、これと同じくらいの性能のパースエイダー、弾、そしてスコープです。事件の前に、この国に密輸入されたのだと思います。方法は、分かりませんが」

「くそう……。城門は何をやっていたんだ……」

「ボクが今言えるのは、これくらいです。もし良ければ、日が暮れる前に宿を探したいのですが」

キノが、壁際《かべぎわ》の時計をチラリと見ながら言った。冬は終わりつつあるとはいえ、十七時を過ぎると急に世界は暗くなる。残り三十分ほど。

「いつまでこの国にいるの？」

メンダが訊《たず》ねて、

「明後日《あさって》までだよ。キノは一つの国には三日間って決めてるからね」

エルメスが答えた。

「なるほど。自分の中でルーティーンを持つってのはいいことだね」

刑事が言う。

「心配するな。宿は警察が取ってやる」

「それって、留置所？」

「残念だが、違う」


翌朝、キノが入国してから二日目の朝。

キノは夜明けと共に起きた。

警察に紹介されて無料で泊まれることになったのは、署の隣のブロックに建つ立派なホテルで、十階建ての高層階だった。

この国にしては高いビルで、昨夕に到着したときは、部屋の窓から、美しい首都の街並みと、遠くに広がる白い丘陵《きゆうりようち》地帯《たい》が一望できた。

しかし今朝は、

「雪か……」

朝から猛烈な勢いで雪が降っていて、窓の外は何も見えなかった。時折強風が吹《ふ》いて、細かな雪がガラスに打ち付けられて、バシバシと音を立てていた。

キノは、大きな鏡の前で、『カノン』の抜き撃ちの練習をした。そしてシャワーを浴びて、レストランで朝食をゆっくりと取り、部屋に戻ってきて、最後にエルメスを叩《たた》き起こした。

「ぬあ？　ああ、雪かあ。昨夜はあんなに月が綺麗《きれい》だったのにねえ。おはようキノ」

「おはようエルメス。だから今日は、部屋でノンビリしようと思う」

「うんうん。それがいい」

キノは窓際のテーブルで、吹きすさぶ雪しか見えない景色を眺めながら、お茶を飲み始めた。

「ラジオつける？　昨夜のニュースより、詳しく伝えていると思うよ」

「そうだね」

キノは、部屋に据《す》え付《つ》けてあった大きなラジオのスイッチを入れた。

この国に、テレビ放送はなかった。その技術がないのか、あるが広めていないのかは分からない。

ラジオは、しばらくノンビリとした音楽を流していたが、十時ちょうどになってニュースが始まった。十分ほどで終わる、短いニュース番組だった。

もちろんトップは昨日の政治家狙撃殺人事件で、国中が大騒ぎになっている様子が伝わってきた。当然のように、まだ犯人は捕まっていなかった。

ニュースは、今までに起きた、類似《るいじ》の狙撃事件についても触《ふ》れた。

この二年間で、似たように〝有り得ない〟ほど長距離《ちょうきょり》から〝有り得ない〟ほどの威力で、音もなく狙撃されたのは——、最初は大実業家の初老男性、続いて救急隊の中年隊長、二十代の警察官、そして五十代の家政婦だった。

時間も場所も、季節もそれぞれ一貫性《いっかん》はなく、共通しているのはただ一点。開けた外にいる時に撃たれたことだけ。

「見事にバラバラなんだね。関係性、ないのかな？　何か予想できる？」

エルメスが聞いて、

「いや、できない」

キノは正直に答えた。

ニュースは最後に、政治家を守れなかった警察への不満が、市民の中でかつてないほど高まっていることを告げて、この話題を終えた。

その次は天気予報。今降っている雪はにわか雪で、かなり積もるだろうが、十五時過ぎには止《や》むだろうと、そして夕方から夜中までは晴れて、明け方からまた雪になるだろうと。

最後に、芸能ニュースになった。若手の新人俳優が、大作映画の主役で華々《はなばな》しくデビューすることが決まり、明後日《あさって》、発表会が首都の劇場で行われる事を伝え始めた。十一時から、その模様をラジオで実況中継《じっきょうちゅうけい》することも。

キノはラジオを切った。

「残念だけど、ボクが出国するまでに、謎が解けるとは思えないな」

「だよねえ」

それからキノは、旅荷物の整理整頓《せいとん》を始めた。床に並べた道具に傷んでいる箇所《かしょ》、汚れている箇所《かしょ》がないか調べて、洗える物は洗った。

「これもやっておくか」

キノは『フルート』を取り出して、床に敷いた新聞紙の上で分解し、整備をした。マガジンから弾薬を取り出して、バネが弱っていないか調べて、最後は全て元通りに、鞄に戻した。

十二時近くになって作業を終えたキノは、

「エルメスの燃料とチェックは、明日でいい？」

「そりゃもちろん。そろそろお昼だけど、キノはどうする？」

「まずはご飯を食べて……、それから昼寝かな？　もしくは、昼寝」

「言うと思った。では行ってらっしゃーい」

エルメスが言った瞬間、ドアが激しくノックされた。

そして、

「キノさん！　緊急事態だ！　すぐに来てくれ！」

昨日の刑事の濁声《だみごえ》がした。

「簡単な事情くらい、聞きたかったんですけどね」

「説明が二度手間になる。同じことだ」

「昼ご飯がまだなんですが」

「あとでパンを渡す」

キノは髭《ひげ》の刑事にせっつかれながら、荷物を全部積んだエルメスと共に、二日連続で警察署に行くことになった。

ホテルから警察署まではとても近いが、その間を走っただけで、防寒着の全身が雪まみれになった。

雪を落としてエルメスを拭《ふ》いて、キノ達は大きな部屋に案内された。

ブラインドが全部閉められていた部屋には、制服を着た中年以上の歳の警官達——、つまり幹部クラスの警官が数人いて、深刻そのものの顔をしていた。

「事件の予感」

エルメスが言って、

「うん、ボクにも分かった」

キノが返した。

防寒着を脱いだキノが、白いシャツといつものズボン姿でイスに座った。髭《ひげ》の刑事が、まずキノの目の前の机に、売店で売っているパンを三つと、牛乳の瓶《びん》を置いた。

そして、室内にいる制服を着た警官で一番年上に見える男を、この警察署の署長だと紹介した。

　六十代に見える細身の男は、

「キノさん。時間がないので、単刀直入に言わせていただく」

　そう切り出した。

「その前口上も、カットすればいいのに。あと、来てくれたお礼は？」

　エルメスが、キノだけにしか聞こえないように言った。キノはそれに応えず、目の前のパンと牛乳に手を付けずに話を聞く。

「一時間ほど前の事だ。狙撃犯から、犯行声明と脅迫《きようはく》文が届いた」

「…………」

「おやまあ」

　それなりに驚いたキノとエルメスに、署長が言葉を続ける。

「犯行声明には、犯人しか知り得ない情報が入っていた。奴で間違いない。そして脅迫だが――」

　署長が視線で示して、脇にいた男が、キノに向けて小さな丸い金属の缶を見せた。蓋を開いて、中に入っている物を見せた。

　切り取られた、人間の指だった。

　手の小指で、付け根で綺麗《きれい》に切り取られている。切り口には白い骨も見えた。そして、小さな指輪を嵌《は》めていた。

「あー、これはアレだね」

「昨日会った、検死官をしていたドクターの指、ですね？」

エルメスとキノは、すぐに気付いた。

「話が早い。犯人は昨夜、帰宅中の彼女を誘拐《ゆうかい》して、証拠《しょうこ》にこの指を送りつけてきた。調べたが、彼女はアパートに戻っていない。あの足だ。攫《さら》うのは容易《たやす》かったのだろう。脅迫文の内容は、今日の夕方、遅くとも日の入りまでに、首都北方の丘陵地帯に私が一人で来い、とのことだ」

「あーそりゃ、署長さんを狙撃したいんだね。その頃は晴れているみたいだし」

「そうだろうな」

「行ってらっしゃい。道は分かる？」

「エルメス、そのへんで。——ボクが呼ばれたワケが、分かってきた気がします」

「それは話が早くて助かる。念のために、間違いがないか確認したい」

「千載一遇《せんざいいちぐう》のチャンスだから、連続狙撃犯人を狙撃しろと。ボクが、ボクのパースエイダーを使って」

「そうだ！　憎き奴を殺す、またとないチャンスだ！」

「殺していいの？　裁判しないの？」

エルメスが聞いて、署長は首を横に振った。

「生きたまま捕《と》らえることができれば、もちろん有り難い。しかし、そんな相手ではないことは分かっている。ドクター・メンダの、そしてキノさんの安全も考えて、真実が闇《やみ》に葬《ほうむ》られようとも、射殺止《や》むなしとの結論に至った」

「なるほどー。でも、そんな簡単にいくかな？」

「言わんとすることは分かる。犯人も、恐ろしい腕前《うでまえ》とパースエイダーの持ち主だ。だが、こちらには圧倒的《あっとうてき》に優位な点が一つある。それが何か、分かるだろう？」

「いいえ」

「犯人は、君がこちら側にいることを知らない！　奴は、誰も自分を撃てないだろうと、すっかり油断し切っているだろう！　見晴らしのいい丘陵地帯で、数百メートル先から撃って、さっさと逃げるつもりだろう！　そこを君が仕留めるんだ！」

署長は捲《まく》し立《た》てた。そして少しトーンを落とす。

「キノさん、ここは我々に、いや、我が国に協力してもらえないだろうか？　君にやってもらいたいことは二つ。犯人を狙撃して射殺、あるいは行動不能にすること。そして人質《ひとじち》となったドクター・メンダの救出だ。もちろん、本来なら関係のない旅人だ。タダでやってくれとは言わない。必要な道具や移動の協力はするし、全てが終わった暁《あかつき》には、称賛《しょうさん》と感謝状以外の報酬も出す。燃料と食料は積めるだけ持っていくといい。警察予算の許す範囲《はんい》で、外国で売れそうな物も持たそう」

「わおー、大盤振《おおばんぶ》る舞《ま》い！　いいの？」

「この先も誰かを殺されることを考えれば、安いものだ」

「そりゃそうか」

「どうだ？　やってくれるかね？」

署長が強引に押して、周囲の警官達が無言で圧力をかけてくる中、キノは訊《たず》ねる。

「巻《ま》き込《こ》まれてしまったドクターを助けたいという気持ちはあります。ただ、一つだけ、どうしても分からない事があります。引き受けるか否《いな》か決める前に、そこを教えてもらいたいです」

「それは、何かね？」

「お聞きします。なぜ、署長さんなんでしょう？」

「む？」

「今までの被害者に関連性は認められないと、そちらの刑事さんは昨日言いました。今回、なぜ犯人は、わざわざ署長さんを撃ちたくて呼び出したんでしょうか？　ついでに疑問ですが、なぜドクター・メンダが誘拐《ゆうかい》されたんでしょうか？　確かに攫《さら》いやすかったかもしれませんが、別に彼女じゃなくても、人質は誰でもよかったはずです。そのへんにいる子供とかでも」

「それは……」

「それらが全て偶然ではないと、ここにいる皆さんは——、ボクを呼んだ刑事さん以外は、ご存じなんじゃないですか？」

「…………」

黙った署長と、それ以外の警官達を見て、髭《ひげ》の刑事は眉根《まゆね》を寄せた。

「まさか……？」

呟《つぶや》いた刑事に向け、署長の脇にいた男が声をかける。

「ああキミ……、少し外してはどうかね？」

「そういうわけにはいきませんよ！　あなた方は、ハナから何か知っていたんですね！　そして、我々現場にその情報を流してこなかった！」

濁声《だみごえ》の怒声《どせい》が部屋に響いて、全員が彼から顔を逸《そ》らした。

「そりゃあ、怒るよねー」

エルメスがぽつりと漏らした。

「現場が知ってもしょうがないことだからだ。キミだって、現場の若手に全てを教えないことだってあろう。警察組織の人間なら、分かるよな？」

開き直った署長が、ふんぞり返って言った。

「…………」

刑事がムスッとした顔で黙り、署長はキノへと視線を動かす。

「いいだろう……。キノさんの問いに答えよう。これは犯人を捕まえ、人質を救出するためだ。当然だが、他言無用だぞ？」

「分かりました。どうぞ」

「狙撃されたのは、七年前のとある事件に関わった者ばかりだ」

　署長は、そう切り出した。

「事件のあらましは、こうだ。ある金持ちの若い男が、町で売春婦を買って自宅に連れ込《こ》んだ。売春は違法だが、残念だが完璧《かんぺき》な取り締《し》まりなど不可能だ。そして事後、その売春婦は男が金持ちだと知ると、男を強請《ゆす》った。〝女を買ったことを世間にバラされたくなければ、今すぐ十倍の金を払え〟と」

「あらまあ。そんで？」

　エルメスが相槌《あいづち》を打って、キノは黙ったまま続きを待った。そして髭《ひげ》の刑事も。

「男は、仕方なくそれに従った。金を用意している最中に、後ろから女に酒瓶《さかびん》で頭を殴られた。金庫に入っていた札束に目が眩《くら》んだんだろうな。男は負傷しながらも必死に抵抗して、気が付いたら女は死んでいた」

「ありゃりゃ。どっちが悪いの？」

「それを調べるのが警察なのだが、結果的に男の正当防衛は証明されて、殺人の罪には問われなかった。容疑者死亡で、この事件は終わった」

「ああ、なるほどー。繋《つな》がったー」

エルメスが、

「ボクにも分かりました」

そしてキノが言った。

「その男の親が、大実業家の初老男性。救急隊の隊長と、若い警官はその時に現場に駆けつけた人。家政婦さんは、その家で働いていた人、ですね？」

「そうだ……。全員、男の正当防衛を証言した関係者達だ」

「署長さんは当時も署長で、ドクターはその時も検死官だった、ってことかー」

「そうだ」

「じゃじゃあ、昨日の政治家さんは？」

「彼は、当時は弁護士で、何かあったときに男の弁護を引き受けてくれる予定だった人だ。この事件に心を痛めてくれて、当選後は町から売春を一掃しようと頑張ってくれていた」

「つまり——」

キノが訊《たず》ねる。

「正当防衛の逆恨《さかうら》みで、当時の関係者達が次々に殺されたと？」

「我々はそう考えている。それで全て繋《つな》がるからな」

「そこまで分かっていて、犯人の予想は付かない？」

エルメスが聞いた。

「もちろん調べたさ。売春婦仲間や、その元締《もとじ》めのチンピラ達。その女の知人、友人、家族などをな」

「ふむふむ。どうだった？」

「全員シロだ。狙撃事件時のアリバイはちゃんとあったし、連中にそんな腕も道具もない。そもそも彼女のために、そこまでして復讐《ふくしゅう》しようなどという人は皆無《かいむ》だった。家族など、〝家を出た先のことは知らない。むしろ死んでくれて良かった〟とまで言ってきたよ」

「なーるほど」

キノが、

「もし、署長さんとドクターが死んだら、この復讐《ふくしゅう》は終わ――、あ、いや、終わらない」

発言の途中で気付いた。署長が頷《うなず》く。

「そうだ。終わらない」

「その、正当防衛で殺しちゃった男だね」

「そうだ。彼にも警護は付いているが、これまで無理だったように、これから守り切れるとは思えない。だから、今日がチャンスなのだ。今日絶対に、なんとしても、奴を止めなければならないんだ」

「なるほーど。キノ、他に質問は？」

「まあ、ひとまずないかな。あ、一つあった」

「何かね？」

「パンを食べてもいいでしょうか？」

「引き受けてくれるのならね。ドクターを助けられるのは、君だけだ」

「では、いただきます」


十五時頃《ごろ》。

「おや、凄いカッコ。気をつけてねー」

「目《め》一杯《いっぱい》、気をつけるよ」

「死なないでね」

「死ぬまでは、そうならないように最大限努力する」

「そうそう。情けない戦い方をしたら、教えてくれたお師匠さんに撃たれるからね」

「身が引き締まる思いだ」

「そんじゃいってらっしゃーい。分かってると思うけど、出国は明日だからね。あと、『フルート』を失わないでね。出国できなくなるからね」

「ああ」

キノは、警察署の部屋でエルメスに見送られて、小型トラックに乗った。

キノは自分のシャツとズボン、黒いジャケットの上に、警察に用意してもらった防寒着の上下を着ていた。

雪中専用の迷彩服だった。白色だが、鮮やかに真っ白だと逆に雪の中で目立つので、少し汚れが入っている。フードを被ってフェイスマスクをすると、キノは頭の先から足首まで白くなった。

背負った薄いリュックサックも真っ白で、中には警察署で売っていたパンと、お湯を入れた魔法瓶《まほうびん》、簡単な傷薬と飲み薬、そして犯人を拘束《こうそく》するための手錠《てじょう》が入っていた。

リュックの外側に、やはり白く塗られたスノーシューが縛り付けられ、必要時はワンタッチで足元に落ちてくるようにしてあった。

手にした『フルート』も、少し汚したシーツを全体に巻き付けて、紐《ひも》でしっかりと縛って留《と》めていた。サプレッサーも取り付けて、予備のマガジンは防寒着のポケットに収まる。

『カノン』と『森の人』は、それぞれホルスターに収めて、防寒着の下に装着していた。

白い手袋の手首には、借りた腕時計《うでどけい》が一つ、文字盤《ばん》を内側にして装着してあった。

警察署を、四台のトラックが出発する。

一台のトラックにはキノと髭《ひげ》の刑事、もう一台に署長と運転手の警官、さらにもう一台には、荷台まで使って合計六人の警官達。そして、雪原を指定の場所に行くための一台。

雪はまだ降っていたが、ずっと弱くなっていた。

四台のトラックは首都の街中をゆっくりと走り、郊外《こうがい》に出てからは速度を上げた。赤い柱が並ぶ脇を、トラックの列は行く。前輪脇のソリが、積もった雪を気持ちよく吹《ふ》き飛《と》ばしていく。

やがて暴れるように降っていた雪がピタッと止《や》み、雲が流れ、空が急激に明るくなった。

そして太陽が西の空に出ると、積もった雪が危険なほど眩《まぶ》しくなった。キノを含《ふく》めた全員が、サングラスや色の濃いゴーグルを装着した。

ハンドルを握《にぎ》る髭《ひげ》の刑事が、

「クソみたいな事に巻き込んで、すまないと思うよ。俺《おれ》も最初は、知恵だけでも借りられればと思ったんだがな……」

「ボクも、驚いていますよ。広場でご飯を食べていなければ、違っていたのでしょうけど」

「しかし、それでも……、俺はこの事件の解決をこの目で見たい。広場でメシを食っていてくれて感謝する。この国のメシは、美味《うま》かったか？」

「とても」

「それは良かった。あんたには期待している。しっかり、無事で帰ってきてくれよ。ドクターも、よろしくな」

「分かりました。それで聞きたかったんですが、あの人の足は、結構悪いんですか？　いつから？」

「ん？　詳しくは知らないが、趣味のスキーでうっかり膝《ひざ》をやっちまったって聞いたな。三年前くらいだ。以後ずっと、松葉杖《まつばづえ》だよ」

「そうでしたか」

「今度は指か……。もしドクターが犯人に嚙《か》みついても、数本は、嚙《か》み千切るのを許してやりな」

「そうします」


トラックが止まったのは赤い柱の終わる所で、周囲には文字通り何もなかった。

眩《まぶ》しすぎる白い丘が連なっているだけの、静かな世界だった。トラックの温度計が指す気温は、摂氏《せっし》マイナス四度。ただし風がほとんどないので、凍《こご》えるほどの寒さではなかった。

キノが借りた腕時計を見ると、既に十六時近くだった。今日の日の入りは、十七時三十分と教わっていた。

「道はここまでだ。雪で見えないが、ここは駐車場になっている。この先は、昔は町があったが、今はただの荒《あ》れ地《ち》だ。誰も住んでいない。鹿や兎《うさぎ》、クマの住処《すみか》だ」

トラックを降りながら刑事が言った。

「指定場所は、この先、北に五キロほどだ。丘の上に、古い鉄塔《てっとう》が建っているのですぐに分かる。このトラックなら間に合うだろう」

「なるほど。では行ってきます」

「頼んだぞ」

「あんまり期待しないでくださいね。そうだ、あなただけに聞きたい事が」

「なんだ？」

「犯人確保とドクターの救出、どっちかだと言えば、どっちですか？」

「…………」

髭《ひげ》の刑事は十数秒悩んでから、

「状況に応じて決めてくれ……」

苦しそうに言った。

「分かりました」

白い服を着たキノは白いリュックサックを背負い、白くカバーした『フルート』を肩にかけ、署長達が準備をしているトラックへと近づいていく。

そして、

「頼んだぞ！」

署長に肩を叩《たた》かれている、似たような歳で同じ背丈体格の警官を見た。先ほど部屋にいなかった男だった。厚手の紺色のコートを着て、防寒帽《ぼう》を被り、顔にゴーグルをした男は、

「ええ……。頑張ります……」

弱々しく言った。

署長がキノに顔を向けて、

「おおキノさん。彼が私のフリをする！　よろしく頼むぞ！」

「そうですか。ご自身では、行かれないので？」

「当然だ。私に万が一のことがあったら、署はどうなる？　首都の治安は？」

「なるほど。すると……、なぜここまで？」

「犯人がどんな奴か、生きていても死んでいても、いち早くツラを拝みたいからな！　期待して待っているぞ！」

「なるほど」

キノは、トラックの荷台に乗った。

広くない荷台で、置かれたマットレスの上に横に寝転《ねころ》がって、その上から布のカバーが掛《か》けられた。

隠れたキノは、僅かな隙間《すきま》から外を眺める。

「い、行くぞ……。しっかり頼むぞ……」

署長の身代わりの警官が運転席で言って、トラックを発進させた。

雪原を、新雪を派手に巻き上げながらトラックは走り――、

「そ、そろそろだ！」

男の声が、キノに聞こえた。腕時計を見ると、十六時二十分だった。

速度がゆっくりになったトラックの荷台から、布カバーの僅かな隙間《すきま》から見えるのは、本当に何もない世界。

白い雪と、夕暮れの近い薄く蒼《あお》い空。それ以外の色がない。

キノは、エンジン音に負けないように叫ぶ。

「指定場所に一番近い、見晴らしのいい、一番高い場所で止まってください。止まったらボクはすぐに後ろから降りて、トラックの下で伏せて構えます。準備ができたら声をかけます。あなたは、運転席から降りてください」

「ずっと乗っていてはダメか……？〝ここに来い〟とは言われたが、トラックを降りろとは言われていないぞ……？」

男の弱々しい声に、キノは答える。

「それでは危険です。胸と背中に、用意した鉄板は仕込《しこ》みましたよね？それを落とさないようにして、立っていてください。狙撃手は、通常は頭部ではなく体を狙ってきます。その方が当てやすいからです。あなたがずっと運転席にいると、相手は仕方なく、フロントガラス越しに顔や頭を狙って撃ってきます」

「ぐっ……。こ、こんな鉄板で、弾を防げるのか……？」

「目の前で撃たれなければ大丈夫です。ただ、衝撃《しょうげき》で肋骨《ろっこつ》は折れるかもしれません」

「大丈夫じゃない！」

「痛みが伝わって倒れた方が、〝死んだ〟と思われやすいんです。そうしたら、冷たいかもしれませんが、雪の中で動かないでいてください。もし少しでも動いたら、まだ生きていると思われて、トドメの一発が飛んできますよ。弾丸は新雪など貫《つらぬ》いてきます」

「…………。わ、分かった……。言われた通りにする……。そろそろ止めるぞ……」

トラックの速度が落ちて、緩《ゆる》やかな上り坂の上で止まった。

止まる直前、キノは荷台を覆っていた布カバーの紐《ひも》を解《ほど》く。布カバーは後ろへと滑《すべ》り落《お》ちて、それに隠れるように、キノは荷台から滑《すべ》り降《お》りた。

車体後部へと足を下ろし、トラックが止まると同時に、そのまま車体の下へと、素早く潜《もぐ》り込《こ》む。

車体の下の空間を、キノは新雪をかき分けながら匍匐《ほふく》前進して、キャタピラの間を通り抜け、トラックの前輪、あるいはスキーの間へと顔を持ってきた。キノの頭のすぐ上には、大きな燃料タンクがあった。

キノは周囲の雪をゆっくりと、必要な分だけ押《お》し退《の》けた。伏せたまま『フルート』を構えて、スコープ越しに景色を見た。安全装置を外した。

「準備できました」

「よ、よし！」

ドアが開いて、男がトラックの右脇に立った。

同時にキノが、『フルート』を構え、すぐに撃てるように呼吸を整えながら、スコープで周囲に目を走らせる。

左側にある太陽からの光で、世界は十分に明るい。

スコープの拡大された視界の中で、積もった雪の模様まで分かるような明瞭《めいりょう》な景色を、キノはなぞるように眺めていく。

遠くの丘から、近くの丘へ。右へ、左へ。そしてもう一度往復させて。少しでも異変がないか、静かに、しかし早く。

「ま、まだかね！」

男の苛《いら》ついた声が聞こえて、キノは冷静に返す。

「ボクに話しかけると、違和感《いわかん》を気取《けど》られます」

「どうしろと……？」

「寒そうにして、少し周囲を歩いてください。音を立てても構いません。ソワソワと、規則性なく動いている方が、撃たれにくいです。そして周囲を見渡《みわた》して探《さぐ》って、少しでも何か動きを見たら、その時だけ短く教えてください」

「く、くそう……」

男が、運転席からスノーシューを手に取って、慣れた手つきでブーツに取り付けた。そして、サクサクと、新雪《しんせつ》の上を、ほとんど沈まずに踏《ふ》みしめて歩く。

キノは、雪だらけの周囲を探った。

トラックの正面、北側を中心に、左右六十度くらいずつ。

遠くから、近くへと視線を動かす。何もなかった。誰もいなかった。

すぐに身を捻《ひね》って、側面、つまり東側を探る。男の体が邪魔な場合は少し動いてもらい、朽《く》ちた鉄塔で見えない場所以外は全て探った。誰もいなかった。

西側を探る。太陽の光が低い位置に来ていて、何かがあればそれは影になる。

何もなかった。

撃つこともなく、撃たれることもなく、時間だけが過ぎていった。

「いない……。おかしい……」

キノの独り言を、男が聞き取って、

「どうなってるんだ……？　誰もいないのか……？　騙《だま》されたのか……？」

スノーシューでウロウロとうろつきながら、怪訝《けげん》そうに言った。腕時計を見た。十六時四十分だった。

「あっ！」

キノの声を聞き取った男が、

「どうした？　何か見つけたかっ？」

驚きでトラックの下に視線を向けてしまった。

そして、そこから声が戻ってくる。

「やられた……。罠《わな》だ！」


髭《ひげ》の刑事が、自分の腕時計を見た。

十六時四十分。

あれからずっと、駐車場で三台のトラックと一緒に待機しているが、キノ達が戻ってくる様子はなかった。太陽は、静かに傾いていった。

刑事は自分の乗ってきた車両の荷台で、じっと北側を見ていた。トラックが走った大きな跡が、真《ま》っ直《す》ぐ延びて丘の向こうに消えている。

刑事が振り向いた。

すぐ後ろに停《と》められたトラックの助手席に、署長が座っていた。エンジンをかけっぱなしにして暖房を効かせた車内で、コートを脱いで帽子を取って、ノンビリとくつろいでいた。

一方他の警官達は全員、周囲を警戒するために外に出ていた。フリントロックのパースエイダーを両手で保持したまま、周囲を警戒しつつ、寒い中で突っ立っている。

「いい気なものだ」

刑事が署長に向けて呟《つぶや》いたのと、フロントガラスが蜘蛛《くも》の巣《す》状に割れるのが同時だった。

「げがっ！」

ワンテンポ遅《おく》れて、署長の声が聞こえてきた。

そして、署長の顔があった場所から吹《ふ》き出《だ》した血が、ひび割れたガラスを内側から濡《ぬ》らした。


「罠《わな》って？　なんだ？」

男が周囲をバタバタと歩きながら聞いた。

「狙撃犯は、ここには来ていません！」

「じゃあどこに……？　――ああっ！　ひょっとして、署長達のところか？」

「そうです！」

キノが、雪まみれになりながら、トラックの下から、脇から這《は》い出《だ》してきた。堂々と身を現すと、助手席へと走る。

「犯人は、あの場にいる署長を狙います。数百メートル先から」

男がキノへと、トラックへと戻りながら聞く。

「しかし、遠くからで誰か分かるか？　全員、同じ制服コートに帽子姿だぞ？　ゴーグルだってしている」

　まさにその格好をしている男が言った。

「確かに。しかし、最悪の場合、狙撃犯はそこにいる警官全員を撃つことだって可能です」

「うぐっ……」

「戻ります！　運転を！」

「分かった！」

　男とキノが、狭いトラックに乗《の》り込《こ》んだ。

　さっき付けた轍《わだち》を辿《たど》って、南へと走り出した。


「署長が撃たれた……！」

「病院に運べ！」

「ダメだ……。脳がどっさりと出ている……」

「クソッタレ！」

　トラックを囲む警官達の怒号を聞きながら、髭《ひげ》の刑事は荷台で呟《つぶや》く。

「一人だけ、温々《ぬくぬく》としているからだ……」

　その場に、二発目は飛んでこなかった。

時計が十七時を告げた時、キノを助手席に乗せた小型トラックは雪原を走っていた。

一つの丘の下から雪原を走り上がって、頂上に出た時、

「止めろ！　──いや、止めないで！」

キノが叫んだ。

「どっちだよ！　まさか……」

「犯人です！　左側！」

キノは、スキーで走る人間を見た。左前方、三百メートルほど離れた場所で、一つの丘を駆《か》け登《のぼ》っていく。

その足取りは力強く、斜面《しゃめん》をものともせずに駆《か》け上《あ》がっていく。

犯人は、キノと同じように全身が真っ白だった。雪中迷彩服を着て、足にはスキーを装着していて、両手にはストック。

そして、背中には、やはり白い布でカバーされた、細身のライフルを背負っていた。

「あの野郎《やろう》！　轢《ひ》き殺《ころ》してやる！」

運転席の男が、警官らしからぬ事を叫んで、そっちへハンドルを切り始めて、

「ダメです。狙われた！　伏せて！」

犯人は走るのを止《や》めていた。こちらに気付いて、膝立《ひざだ》ちになり、背中のライフルを体の前へと持ってくる。

キノは狭い車内で、『フルート』を体の前に捧《ささ》げた。自分の顔と頭と、体の中心線を守る盾《たて》にした。

「ひっ！」

男は狭い運転席で、ハンドルに頭をぶつけながら身を屈《かが》めた。

丘の上にいた犯人が、撃った。

発砲音は聞こえなかった。ただ、ガンっ、と金属が派手に叩《たた》かれる大きな音が車内に響いて、

「撃たれたのか？」

「ボクは平気です。あなたは？」

「大丈夫だが……。外した？」

「かもしれません。一度右へ逃げてください」

トラックは、犯人から距離を取るように、右へと急ターンした。

それは丘の下へと駆《か》け下《お》りる形になり、キノの視界から犯人は消えたが、同時に犯人の射線からも逃《のが》れることができた。

「一度止めてください。ボクが探ってきます」

「わ、分かった」

キノは下り坂の途中で止まったトラックから飛び出して、『フルート』を背負った。たった今トラックが作った轍《わだち》を、一番歩きやすい場所を駆け登る。

それでも新雪は柔らかく、キノは膝《ひざ》まで雪に埋まりながら、時に両手も使って、坂道を登った。

丘の上に着いて、キノは『フルート』を構えながら、ゆっくりと顔を出していく。

さっき犯人がいた場所を見て、そこにはいなかった。スキーが滑った跡が、丘の裏へと消えていた。

「逃げた……。こっちを殺す気はないのか……？」

キノは身を翻《ひるがえ》すと、登った丘を勢いよく滑り降りて、登ったときの数倍の速度でトラックに戻った。ドアを開けて、乗り込みながら言う。

「犯人は逃げました。追えます。撃たれないように丘を陰《かげ》にして、距離を取ってスキーの跡を追えば、逃しません。向こうは人間です。いつかは疲れます。チャンスがあれば、足でも撃てるかもしれません」

「それが……、おかしいんだ」

男が、運転席の計器盤を指さした。そこにあるのは燃料計で、

「走ってもいないのに、どんどん減ってる……」

その針は、見たことのない速度で動いていた。

「出発時は間違いなく満タンだった！　さっき到着したときも八割は残っていたのに、今はもう半分以下になっている！」

「…………」

キノは飛び降りると、車体の下を覗《のぞ》き込《こ》んだ。

「やられた……」

燃料タンクの端に、大きな穴が二つ開いていた。

鉄板が弾丸で貫かれていて、そこから燃料がドバドバと、滝《たき》のように洩《も》れ続けて、雪に染《し》み込《こ》んでいた。

「燃料タンクをやられました。穴が大きくて塞《ふさ》げません。まだ少しは走れます。追いかけましょう」

「奴は、逃げる途中だったのか……？」

「でしょうね」

「ということは……、署長はもう撃たれたのか……？」

「恐らく」

「じゃあ……、もう俺は知らん！」

男は、運転席から飛び出した。コートの下の鉄板を運転席に放り出して、荷台に放《ほう》り込《こ》んだスノーシューを忘れずに引《ひ》っ摑《つか》むと、

「後は知らん！　やってられるか！　こんなとこで死んでたまるか！」

職務を全て放棄して、逃《に》げ出《だ》した。スノーシューを嵌《は》めるために一度立ち止まって、作業を

しながらキノに叫ぶ。

「あんただって、これ以上命を張る義理なんてないだろ！　ドクターだって生きちゃいねえよ！　いいから逃げちまえ！　文句を言う奴は死んだ！　〝タンクを撃たれてどうしようもなくなった〟って言えばいいさ！」

「………………」

キノは、逃げる男の背中を二秒ほど見送ってから、運転席へと跳《と》び乗った。

燃料の残りは三割。キノはアクセルを踏んで、クラッチを繋《つな》いだ。

ハンドルを回してトラックの向きを変える。深い雪を踏みしめて、トラックが力強く斜面を登り始めた。

キノは丘の上に出る前に、男が放り出していった鉄板を、フロントガラスの前に押しつけた。鉄板と天井《てんじょう》の僅かな隙間《すきま》から覗《のぞ》きながら、スキーの跡を追う。

夕暮れが始まり、空は急激に、鮮やかなオレンジに染まっていく。雪もまた、染《し》み渡《わた》るように色を変える中、キノは犯人のスキーの跡を辿《たど》っていく。

丘を一つ越《こ》えて、さらに二つ目を越えて、

「っ！」

百メートルほど先、傾斜《けいしゃ》の急な丘の底で待ち構えていた犯人を見て――、こっちに向けてライフルをピタリと構えている姿を見て、そのままアクセル全開で突っ込んで行った。

発砲音はしなかった。

弾丸はガラスを貫いて金属板に命中して、その板を蹴《け》り飛ばす。

重い板は運転席へと、猛烈な威力で襲《おそ》いかかり、誰もいないシートにぶつかってめり込んだ。

トラックは、猛烈な勢いで坂道を下っていく。

助手席へと体を伏せていたキノは、助手席のドアを開けた。右脚《みぎあし》でアクセルをギリギリまで踏んだまま、ハンドルを右へと切る。

右へと舵《かじ》を切ったトラックに左への遠心力が生まれて、その力がキノを運転席から滑り落としていく。

キノは『フルート』を抱《かか》えたまま、引《ひ》っこ抜《ぬ》かれるようにして車外へと放り出されて、深い雪の中に落ちた。

キノは即座に起き上がり、『フルート』を構える。

狙うのは、八十メートル先で、ライフルの操作をしている犯人。ボルトを右手で引いて空薬《やっ》莢《きょう》を排出《はいしゅつ》して、次の弾を薬室に押し込む途中で、

「自動式じゃなくて、良かった」

キノはその手元へと、躊躇《ちゅうちょ》なく撃《う》ち込《こ》んだ。高速の二連射。

『フルート』のサプレッサーから、弾丸と抑制されたガスが噴《ふ》き出《だ》す。空薬莢《やっきょう》が二つ宙に舞って、オレンジの空を反射してキラキラと輝いたあと、雪の上に落ちて、それを溶《と》かして沈んで

いった。

弾は両方とも、犯人のライフルに当たった。それを腕からもぎ取った。弾《はじ》かれた長いライフルが、帽子とゴーグルをした頭へと命中し、犯人を殴った。

雪の上に静かに倒れた体が動かなくなって、

「あっ……」

スコープから目を外したキノの視線に、トラックが映った。

キノが放り出した、あるいはキノを放り出したトラックは燃料を全て失い、丘の斜面で横に傾いて止まった。それがバランスを崩し、ゆっくりと倒れ始めて、

「…………」

そのまま横転を始めた。

ゴロゴロと雪原を転がるトラックは、勢いを付けて、新雪を舞い上げながら、倒れた犯人へと向かっていく。

キノが何もできないで、または何もしないで見ている前で、

「…………」

トラックは、犯人の体の上で止まった。

日が沈んだ世界に、別の光が現れる。

太陽が雪原の下に隠れるのと同時に、まだ西の空の残光が鮮やかな中、東の空に白い鏡が現れた。

太陽の光を真円で反射している満月は、その光を雪原に撒《ま》き散《ち》らして、ほとんど昼間と変わらないほど明るく、今度は世界を青白く染めた。

「………。んん……」

「気付かれましたか？」

キノは、雪原に横たわったドクター・メンダの顔を覗《のぞ》き込んだ。

「うっ？　はっ？　――ああ、なんだキノさんか。お元気？」

ハッキリと目を開けたメンダが、自分を見下ろすキノに訊《たず》ねた。逆光だが、雪の反射が、キノの顔を明るく照らしていた。

「おかげさまで」

ゴーグルを外し、フードを外し、帽子だけかぶったキノが言って、

「私、生きてるの？　なんで？」

メンダは、ゆっくりと体を起こし、雪原に座《すわ》り込《こ》みながら聞いた。

「いい質問です」

キノが、右斜め後ろを指さす。

そこには、完全にひっくり返ったトラックがあって、その荷台と運転席の間に、僅かな隙間《すきま》があった。

「あの空間のおかげで、あなたは潰《つぶ》されなかったんですよ。——犯人さん」

全身に白い服を着たメンダが、ニンマリと笑って言う。

「あら、それはラッキーね」


「飲みますか？」

キノは魔法瓶《びん》のキャップへお湯を注いで、メンダに渡した。

「ありがと。走りっぱなしで喉《のど》が渇《かわ》いていたの。雪を食べるのは良くないからね」

メンダはそれを美味《おい》しそうに口にして、

「うーん、まだ熱いね。猫舌《ねこじた》でね」

手元の雪を一握《ひとにぎ》り入れて溶かしてから、

「うん。ちょうどいい」

ごくごくと美味《おい》しそうに飲んだ。

青白い世界の中で、キノはメンダの向かいに座った。『フルート』は、数メートル後ろで雪の中に無造作に差し立ててあって、代わりに『カノン』のホルスターが、ベルトごとキノの腰にあった。

「あなたが死ななくてホッとしていますよ。理由は二つ」

「一つ目なら分かる。私がなんで、みんなを撃《う》ち殺《ころ》して回っているか知りたいんでしょう？　あと、どうやって？　もかな」

「どうやって、は、なんとなく分かりましたよ」

キノが指を差したのは、トラックの脇に転がっている、メンダが使っていたライフルだった。

キノの撃った弾に抉《えぐ》られて、ボルトを収める機関部、そして長いバレルの中央に大きな凹《へこ》みがあった。パースエイダーとしては、もう二度と役に立たなくなっていた。

白い布カバーがほとんど取れていて、その外見がよく分かった。

強化プラスチック製のストックに、『フルート』にとても良く似た、というよりほとんどそっくりのフロントガード。ただし、材質の違いが外見から見て取れる。

そして、横に溝《みぞ》が走っているなど、細部のデザインが少し違う、しかし同じ会社が作ったことは明白なサプレッサー。

一発撃つごとに手動で装填《そうてん》する必要のあるボルト・アクション式という点を除けば、『フルート』と大変に似ているライフルだった。

「あのライフルは、ボクのにそっくりです。使っている弾も、まったく同じですね」

キノが、ポケットから弾丸を取り出す。メンダのライフルから抜いたものだった。『フルート』のそれと同一サイズで、底面に打たれた刻印も一緒だった。

「ボクは予想を立てました。たぶん外れていないと思います」

「聞きましょう」

　メンダが笑顔で返した。

「ボクの『フルート』は、立ち寄ったとある国で、ほとんど押しつけられるようにして貰《もら》ったものです。その国では、国防のために優《すぐ》れたライフルを作り上げ、自慢したくて旅人に持たせたがった。ボクのは、軍隊に制式採用された自動式の一丁。あなたのは、同じ会社が作ったボルト・アクション式。こちらは、制式採用はされませんでした。理由は分かりませんが、旅人の誰かが、その国で譲《ゆず》り受《う》けたのでしょう」

「うんうん。そして？」

　教師が答えを待つような顔で、メンダは待った。

「そしてその旅人が、この国で犯罪をしでかした。〝持ち込んだライフルを、コッソリ売っていく〟という犯罪を。どうやってそんなことができたかは、ボクには分かりません。でも、それがあなたの手に渡った」

「うんうん。それからそれから？」

「これも理由は分かりませんが、あなたはそれを使いこなすことができた。だから、狙撃事件を起こした。膝《ひざ》のケガを偽装して補助具を取り付け、さらに一年も待ってから、チャンスを着実にものにしていった」

「完璧《かんぺき》。私が言うこと、残ってないんじゃない?」

キノが首を横に振った。

「たくさんありますよ」

「じゃあ、もう一杯《いっぱい》お湯をもらえる? あと、何か食べるものを持ってない?」

月が照らす雪の谷の底で、

「ああ、美味《おい》しい。警察で売ってるパンがこんなに美味《うま》いとはね。知らなかったわ」

メンダはキノから渡されたパンを貪《むさぼ》り食べていた。

氷点下の気温だが、白い迷彩服は脱《ぬ》ぎ捨《す》て、普通のセーターと厚手のズボン姿だった。

手袋も取っていて、左手の小指は、付け根からなくなっていた。そこには丁寧《ていねい》に包帯が巻かれていたが、少し血が滲《にじ》んでいた。

キノがその手を見ながら訊《たず》ねる。

「痛くないんですか?」

「麻酔《ますい》をバンバン打ったから大丈夫。ちゃんと縫《ぬ》ったし。私、こう見えて医者なのよ?」

「失礼しました」

　キノが持っていたパンを全て食べ切ったメンダは、お湯をごくごくと飲み、満足げに白い息を吐いた。

「はあ、ごちそうさま。――さて、何が知りたい？　晩餐《ばんさん》のお礼くらいはしなくちゃね」

「分からない事だらけですが……、それより、いいんでしょうかね？　ここでノンビリ話をしていて」

「でも、キノさんは、したいんでしょ？」

「そうですけど。いつ警察が来て話が終わるか、最後まで聞けるか、分かりませんから」

「トラックが来たら、流石《さすが》に音で分かるわよ。そんときは、好きにすれば？」

「…………。では、お聞きします。まずはあなたのことを。どこで射撃《しゃげき》を習いましたか？」

「自宅で」

「はい？」

「私の実家は、火薬店。パースエイダーを修理して火薬や弾丸を売っていた店なのよ。だから、撃ち方は自然と習った。修理もできた。私は一人娘《ひとりむすめ》でね、店を継《つ》ぐのだと思っていた」

「なるほど……。でも医者になった」

「ダメ元で受けた国立大学に、なぜか受かっちゃったからね。まあ、医者がイヤになったら放り出してもいいいと思っていたし、それに――」

「それに？」

「医者の給料は悪くなかったからね。実家は正直、経営がギリギリだった。母が亡《な》くなった後、頑固《がんこ》者の父だけじゃ愛想《あいそ》のいい商売ができなくてね。その父も、歳を取ってからは病気がちにもなったしね」

「経済的に困窮《こんきゅう》していた実家……。それが、あなたが悪いことに手を染めた理由ですか？」

「ん？　どんな悪いこと？」

「………。連続狙撃ですが？」

「ああそっちか。そっちは違う」

「すると？」

「私が実家のために手を染めた悪いことは、正当防衛をでっち上げたことよ」


「キノさん、多分だけど、署長からデタラメを教わってきているでしょ？　私が殺した被害者が全員、七年前の〝正当防衛〟の関係者だって」

ニンマリと笑ったメンダに、

「その通りです」

キノは素直に認めた。

「ボクには、それを疑う材料がなかったので」

「じゃあ、私がハッキリと覚えている事を教えてあげる。七年前、売春婦を自宅に連れ込んだ金持ちの息子《むすこ》は、当時まだ十七歳。世間知らずで金だけはある、そして自分はなんでもできる、何をしても許されると思っている馬鹿なボンボンだった。そいつは散々楽しんだ後、いざお金を払う段階になって無下に断った。違法な行為をしている女には、これっぽっちも金を渡したくなくなったんでしょうね。財布《さいふ》にはタンマリ入っていたのに。〝賢者《けんじゃ》の決断〟ってヤツかしらね？」

「……そして？」

「そのまま家から追い出そうとして、生きるためには、明日のパンを買うためにはお金が欲しかった女と、喧嘩《けんか》になった」

「彼女に、殺されそうになった？」

「まさか。バカ息子《むすこ》は一方的に女に暴力を振るいまくった。散々殴ってそれを楽しんで、気付いたら彼女は死んでいた」

「………………」

「騒《さわ》ぎを聞きつけた家政婦が警察と救急に連絡してしまい、大事になりそうになって、バカ息《むす》子《こ》は父親に泣きついた。父親は驚き呆《あき》れたでしょうけど、自分の保身もあって、懇意《こんい》の弁護士に相談した。弁護士は、警察署長に相談した。何をしたかったかは、もう分かるわよね？」

「その全員で、事件をもみ消そうとした」

「そう。とんでもない話でしょ?」

「それが本当だとしたら、そうですね」

「そして、私もそんな連中の一人」

「……………」

「検死にあたった私は、署長の指示通り、身を売るしか生きる方法がなかった女を、金目当ての殺人未遂《みすい》犯に仕立て上げた。バカ息子《むすこ》の、ありもしない頭のケガの診断《しんだん》書を書いた。本当は、人を楽しそうに殴り続けて、両手の指の骨を折っただけだったんだけどね」

「………。では、同じ質問を。経済的に困窮していた実家……。それが、あなたが悪いことに手を染めた理由ですか?」

「そう……、それが理由。署長は、首をなかなか縦に振らなかった私にこう言った。引き受ければ、今後この警察署はお前の父親の店から火薬を仕入れる、と」

「それは……、儲《もう》かる話だったんですね?」

「もちろん。商売は持ち直して、父も大変に喜んでくれた。全てを知るまではね」

「知った? そうか……、あなたが、喋《しゃべ》ってしまったんですね?」

「そう……。他の連中みたいに、ずっと黙っていれば良かったのにね……。四年前、父が入院したときに、頼むから本当の事を教えてくれと言ってきて……。今思えば、バカだったなあ私。父はね、私が警察で身内びいきを頼んだとか、もっと他愛のない、小さな事を予想していたのよ。笑って許せるくらいの、ね」

「それは……、さぞ驚かれたでしょうね……？」

「まーね。それから警察との取引を止《や》めて、病気の治療《ちりょう》の一切を拒《こば》んで、苦しんで苦しんで死んじゃうくらいは、ね」

「…………」

「私は、一生分後悔《こうかい》した。後悔して後悔して、残りの人生を屍《しかばね》のようになって、屍《しかばね》を切り刻みながら生きるしかないと思った。そこで、この話は終わるはずだった」

「でも、終わらなかった……。一体、何が起きたんです？」

「またやった。バカ息子《むすこ》が」

「まさか……」

「そのまさか。三年前のこと。二十一歳に、ひとまずは成人して大人になっていたはずのバカ息子《むすこ》は、また売春婦を殺した。しかも今度は、最初から女性を殺すために家に呼び寄せて、散々残酷な方法でいたぶってから殺した。殺人の快楽が忘れられなかったのよ。そしてまた、父親に電話した。パパ助けて！　ってね」

「……そして？」

「同じように、署長も弁護士も、事件のもみ消しに賛同して、私もまた、正当防衛の診断書を書いた。書きながら思った。私を含め、こいつらはもうみんなダメだ。全員、死ななければならない、って」

「………。続きを」

「そのバカ息子《むすこ》は、今のところ三回目はやらかしていないけどね。しばらくは隠れて暮らして、最近仕事を探し始めて、どうにか見つけたみたい。親のコネだろうけど。そして私は、関係者全員をキレイさっぱり殺してから死にたい、そればかりを考えて毎日を過ごしていた。でも、そんな方法は、なかった。どんなに悩み考えても、無理なものは無理だった。一人や二人なら、可能だったよ？　ほら、一応医者だし、警察にいるのだし。でも、全員を気付かれずに殺すのは無理だった」

メンダは一度言葉を切って、そして笑った。

「あの日、旅人が店にやってくるまでは」

「お店……、あなたが、継いでいたんですね」

「そう。何度も畳《たた》もうと思ったんだけどね……。ほとんど開店休業状態でね。それでも踏《ふ》ん切《ぎ》りが付かなかった。自分の罪の証《あかし》に残しておこうとか、どこか心の中で思っていたのかもね。でも、その決断を、私は喝采《かっさい》することになった」

「………。続けてください」

「たまたま私が店を開けていたその日に、その旅人はやってきた。馬で旅をしていた、五十過ぎの渋《しぶ》い男だったな。彼は私に、とてつもなく高性能なパースエイダーを見せて言った。これを店で買い取って欲しいと。まさにキノさんの言う通り、とある国で貰ってきたものだと。彼も最初は喜んでいたけど、使い道もなく重いだけになったと。高く買ってもらえたら、この国で元気な馬を買い足して、もっと旅を続けたいって」

「なるほど……。でも、それを置いて出国できないことは、その旅人も分かっていたんですよね？」

「もちろん。そのことを話すと、彼はニヤリと笑ってこう言った。『この国の入国審査官は、パースエイダーの姿形は分かるが、性能までは分からない』」

「……あなたは偽装したんですね。贋物《にせもの》を一丁、でっち上げた」

「そう。店にあったパースエイダーの部品を切ったり張ったり削ったりして、何日もかけてね。あれは、渾身《こんしん》の作品だったな。外見だけは、まったくそっくりなものを作り上げた。ただし、一発も撃てない模型だけどね」

「それを持って出国するなんて、その旅人はずいぶんと危険な賭けに出ましたね……？　バレたら懲役《ちょうえき》十年ですよね？」

「まったくね。私も何度も念を押したんだけどね。その旅人は笑いながら言ったよ。『これならバレないさ。よしんばバレたとしても――』」

「しても？」

「『また十年入ればいいだけだ。ムショは慣れている』って」

「世の中には、いろいろな人がいるものです……」

「同感。そして彼は出国した。無事にね。拍子抜《ひょうしぬ》けしたよ」

「それは、間違いないんですか？」

「間違いないよ。だって彼は、万が一逮捕されて財産を没収《ぼっしゅう》されたらイヤだからと、私が払った金を持って出なかった。そして、しばらく経《た》ってから、また入国した。『どうだ！』って誇らしげな顔を見せに。残金を受け取りに」

「なるほど……」

「そこから先は、だいたい予想通り。私は死体安置所勤務中の暇な時間を使って、計画を練った。膝《ひざ》を痛めたフリをした。休みの日には、実家の裏や山の中で射撃の練習をした。弾丸はおよそ二百発しかなかったから、慎重にね」

「あなたの射撃の腕は、とても凄かったです。そしてスキーの腕も。追いつけないんじゃないかと思いました。簡単に身についたものだとは思えないんですが」

「子供の頃から、冬は狩《か》りを楽しんでいたからね。雪山での行動は、射撃も含めて、慣れていたの」

「なるほど。納得しました」

「そうして私は、ゆっくりと着実に、〝共犯者〟達を撃ち殺していった。誰にも気付かれないような長距離から。頑張った甲斐《かい》あって、昨日は元弁護士を殺すことができた。今日は、ちょっと急いだ計画だけど、小指一本を餌に、署長も殺すことができた。でもね、まさかキノさんが、あんなに早く引き返してくるとはね。それだけが予想外。とっとと逃げられると思ったんだけどね」

「…………」

「聞きたい事は聞けた？」

「最後に一つ」

「どうぞ」

「署長さんを撃ち殺した後、あなたは全力でボク達《たち》の方へと向かってきていた。その理由が知りたいですね。普通に考えれば、別の方角に逃げる方がいい。戻ってきたボクに発見されることもなかった」

「あらやだ。その理由、キノさんは気付いているでしょ？」

「…………。後からボクを襲って、『フルート』を、そしてボクの持っている弾丸を手に入れたかった」

「正解！　まあ、ちょっと欲を出しちゃったわね。その結果がこれよ。納得してくれた？」

「ええ。ありがとうございます」

「お礼は変よ。でもまあ、どういたしまして。じゃあ、あとはお好きなように」

「…………」

キノは立ち上がった。

腕時計の長い針が一周する間、立ったまま、メンダを見下ろしていた。

「そろそろ、寒くなってきたんだけど？」

メンダが言うと、キノは長く白い息を吐いた。そして足元のリュックサックから、冷たい手錠を取り出した。

それを、メンダの足元に放り投げて、

「付け方は分かりま——」

「おおいっ！　無事かっ！」

濁声《だみごえ》で阻《はば》まれて、最後まで言えなかった。

「え？」

「おや？」

二人が、声のした方を、その主を見上げる。

丘の上に、雪の急斜面《きゆうしやめん》のてっぺんに、青白い空を背景にして、一人の男が立っていた。

足元にスノーシューを履《は》いた、警察の制服を着た髭面《ひげづら》の刑事で、

「二人とも無事か！　良かった！」

「えっと、どうしてこちらに？」

キノが大声で訊《たず》ねて、

「署長が撃たれちまってな……、全員トラックに乗って逃げた！　でも、なんか俺は、現場を放り出して逃げたくなくてな！　今行く！」

そう言って、刑事は斜面を、スノーシューで滑るように降り始めた。

「ここまで、それで走ってきたんですか……？」

キノがあきれ顔で訊《たず》ねた。

刑事の顔は汗だくで、寒い空気の中に湯気を浮かべていた。

「まあ、体力だけには自信がある。それよりキノさん、そのパースエイダーは！　犯人のものかっ！」

「ええ、まあ……」

「ヤツは？」

「えっと……」

キノが言《い》い淀《よど》んだ隙《すき》に、後からメンダが叫ぶ。

「私を助けている間に、逃げられてしまった！　お願い、寒くてたまらない！　どうにかして！」

「おう！　分かった！」

「ええ……？」

谷底にたどり着き、そして必死になって近寄ってくる刑事を見ながら、メンダが小声で言う。

「さて、人質だった私は助けてもらおうかな。警察はキノさんと私の言葉、どっちを信じると思う？　さっき私が言ったこと、決定的な証拠は何一つないよ？」

「…………」

「私がキノさんだったら、めんどくさいことになる前に、予定通り明日出国するね」


翌日。

入国して三日目の早朝のこと。

「はい、確かに確認しました。持ち込んだもの、全て持ち出していますね。ご協力、感謝します」

キノとエルメスは、西側の城門にいた。

キノは入国時と同じ防寒服で、エルメスは入国時と同じ荷物を積んで、

「あー、重い」

さらに車体の後ろに、ロープで小さなソリを曳《ひ》いていた。ソリの上には、木箱が縛り付けられている。

その中身は、この国の民芸品。他の国で高く売れることが分かっている物品だった。

「ではお気をつけて。もし我が国が気に入ったのなら、ぜひまた遊びに来てくださいね。夏も

素敵ですよ」

入国審査官にそんなことを言われて、キノとエルメスは走り出した。

ソリを引きながら城門をくぐり抜《ぬ》けて、国の外へと出た。

灰色の空からは、雪がひっきりなしに舞《ま》い降《お》りていた。太陽は見えず、世界はどんよりと暗かった。

昨日積もった、そして今も積もっている新雪を巻き上げ、その下にある凍った固い雪をほじくり返しながら、エルメスは進む。

赤い柱を見失わないように慎重に辿《たど》りながら。後ろに、ソリを引っ張りながら。

城門が背中で小さくなっていく中で、エルメスが言う。

「これでやっと話せる！　キノ、納得してないんでしょ？」

「もちろんしてないよ」

顔をゴーグルとバンダナと帽子とフードで隠したキノが、すぐに返した。

「ただね、ドクターの言う通り、黙って手を引かなかったら、今日こうして出国はできなかっただろうね」

「だねえ。これから、警察はどーするんだろ？　何か言ってた？」

「署長さんを殺された上に〝犯人〟は逃がしてしまったけど、肝心《かんじん》の〝凶器〟は見つかったわけで——。出入国記録を調べたら、三年前に旅人が持ち込んでいたって分かった。その旅人が偽装して置いていったことも。ひとまず警察は納得した。あの凶器がなければ、もう二度と犯人は暴れられないって、あとは捜査《そうさ》して見つけるだけだって。今頃、ドクター・メンダに聞き取り調査が行われているはずだよ。〝犯人はどんな顔でしたか？〟って」

「やがては、全てがバレると思う？」

「いや……、今までのように、怪しまれずにいるんじゃないかな……。ドクターは、〝犯人の顔は見ていません〟ってしらばっくれるだろう。スキーの跡を慎重にたどれば、他に犯人の痕《こん》跡《せき》がないことを疑問に思うかもと思ったけど、この雪で消されてしまったしね」

「なるほど。でも、ドクターにはもう便利な武器もないし、最後に残った目標、つまりそのバカ息子《むすこ》を殺すのは無理だよね？」

「たぶんね……。たぶん……」

「ずいぶん、歯切れが悪い」

「あの人なら、やり遂《と》げてしまうかもしれないって思ってね。死ぬ事すら恐れていない、あの人なら……」

「んー、どうやって？　もちろん厳重に警戒されて、警備が付いているよね？　武器を持って近づくなんて、不可能じゃない？」

「その通りなんだけど、ボクはそのバカ息子《むすこ》が誰で、今どこで何をしているかも知らないからね。でも、あの人なら……、何らかの方法を……」

キノは、首を横に振った。

「いや、考えても仕方のないことだ」

「そうかー。じゃあ、この話は終わりだね。これからは、後で邪魔な重い荷物をとっととと売りさばくことだけを考えよう！　あのライフルみたいに、高く売れるといいね！」

「買った人が、悪いことに使わなければいいけどね……」

「まあまあ。それは売り手が悩むコトじゃないよ、キノ」

キノとエルメスが、雪原を走って行く。

モトラドに乗った旅人が出国した翌日、十一時。

『芸能ラジオ、特別編の時間です！　映画を愛する皆様、こんにちは！　本日は大作映画で華々しいデビューが決まった新人俳優の発表会の模様を、現地よりお伝えします！』

ラジオが、アナウンサーの軽妙《けいみょう》な口調で始まった。

アナウンサーは、若くハンサムな男が大役を射止めたことを手早く告げ、そして、記者会見の音声に切《き》り替《か》わる。

映画の監督《かんとく》やプロデューサーが次々にマイクを取り、彼を起用した理由を、褒《ほ》め称《たた》えながら並べた。

最後にマイクを渡された、俳優の若い男は、よく通る声で、ハキハキと喋《しゃべ》った。

自分の幸運さを喜び、大抜擢《ばってき》してくれた全員に感謝し、精一杯《せいいっぱい》演技をこなすことを誓《ちか》い、将来の夢を語った。

『僕《ぼく》の夢は、幾つになっても活躍《かつやく》できる俳優になることです。国民の皆さんに、〝我が国に彼あり〟と自慢してもらいたい！　どうかご期待ください！　同時に、厳しい目で、僕を評価してください！』

会場から沸《わ》き上《あ》がった拍手がラジオに流れて、アナウンサーが実況する。

『皆の視線を集めつつ、彼は壇上から観客席に挨拶《あいさつ》に向かいます！　なんというファンサービス！　まさに〝期待の新人、ここにあり〟です！　会場では、若い女性達の熱い視線が、一斉に彼に注がれています！　既に大変な人気です！　皆が握手《あくしゅ》を求めますが、さすがにボディガードに近づくのを止められています。大切な体ですからね。おおっと、松葉杖《まつばづえ》を持った美しい女性も、彼に優しげな視線を向けます。まるで杖《つえ》で握手を求めるかのように先を伸ばして――』

アナウンサーの声を完全にかき消し、スピーカーが割れるような発砲音が、国中に響き渡った。

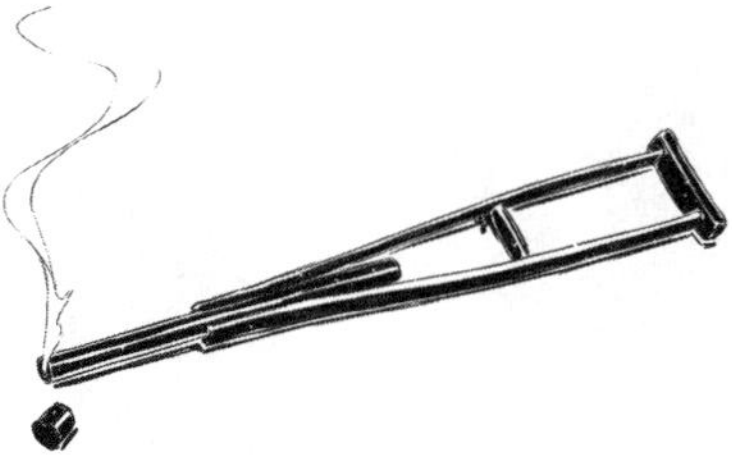

## 第七話

# 「始まりと終わりの国」

— Starting Over —

# 第七話「始まりと終わりの国」
## —Starting Over—

春の終わりの、とある麗《うら》らかな日のことだった。

キノとエルメスが一つの国を訪れると、

「誰も……、いない」

「誰もいないねえ、キノ」

誰もいなかった。

立派な城門は大きく開いていて、中に入ったキノとエルメスが見たのは、静かな光景だった。

農地だった広い土地には雑草が生え、石造りの家々に人の姿はなく、家畜も野生動物もいない。中央まで走って建ち並ぶ大きな建物を見たが、生きている人も死んでいる人も、見つけられなかった。

キノが、静かに呟《つぶや》く。

「またか」

「有名観光国のハズだったのにねえ。来てみれば旅人人生何度目かのゴーストタウン——、ならぬゴーストカントリー？」

「何度目だろうね。数えていないからね」

「オッケー、キノ。正確にはね——」

「いや、いい」

キノは、誰もいない大通りの交差点の中央でゆったりとお茶を入れて、のんびりと飲み始めた。

そして飲み終わると、

「眠いな」

「寝れば？」

「寝る」

キノは街路樹の枝の間にハンモックを吊《つ》ると、コートを纏《まと》ったまま横になって、帽子を額に乗せて、

「誰か来たら、起こして」

「りょーかい」

昼寝を始めた。

「キノ、起きて！　人だよ！」

「っ！」

ハンモックから滑り落ちたキノは、そのままコロリと回転しながら地面に伏せて、

「は？」

そして見た。

自分が寝ていた場所から、またはエルメスがセンタースタンドで立つ場所のすぐ側に一台の自動車が止まっていて、その脇に中年の男が一人いて、車に木箱を積んでいた。

「あ？　起こしてしまったかい？」

男が、申し訳なさそうに言って、

「ううん、起こしたの」

エルメスが、いつもの口調で返して、

「…………。エルメス……、説明は、あるんだろうね？」

伏せたままのキノが、エルメスを軽く睨《にら》んだ。

「だから、人がいる。キノを起こした」

「こんな近くに来るまで、エルメスが気付かなかったわけじゃないよね？」

「ないよ。でもさ、ほら、キノはぐっすり寝ていたからさ。気付かないほど熟睡《じゅくすい》」

「いや、そうじゃなくて」

「でも、あの人がどうして来たのか、理由は知りたいよね？」

「そうだけど、そうじゃなくて」

言い合いを続けるキノとエルメスに、

「ああ、忘れ物を取りに来ただけだから」

男が笑顔で言った。

「…………」

キノはゆっくりと立ち上がると、男に話しかける。まずは旅人であることを告げて、勝手に入国したことを詫《わ》びて、

「気にしないで。もう終わった国だから」

そして、

「理由を、ご存じなんですよね？」

訊《たず》ねた。

「もちろん。もともと私は、この国の住人だったからね。半年前、この国は終わったんだよ。役目を果たして、住人達はいなくなった」

「そうでしたか……。あなたは元住人だったわけですね？」

「そうさ。生まれてからずっと、ここで育った。まさか、自分が生きているうちに、この国を

看取《みと》ることになるとは思わなかったけどね」

「そうでしたか……。それは、辛《つら》いですね」

キノがしんみりと言うと、

「あ？　いえ、全然」

男が笑顔で肩をすくめた。

「は？」

「国は消えたけど人は消えていない。この国の人達は新しい場所に国を造って、全員で今まで通り頑張っているよ。そこをまた、観光立国として盛り上げようとしている」

「あ、そうでしたか……。すみません」

「キノ、早とちりはよくない」

チラリと恨《うら》めしそうにエルメスを見たキノに、

「重要なのは場所じゃない。人さ。人が残れば、まだまだやれることはたくさんある。私達にはノウハウがあるしね。失敗だって、経験さ」

男は笑顔で言った。

「ところで、おっちゃんは何を忘れたの？　わざわざ取りに来るってことは、結構大切なモノだったんでしょ？」

「ああ――、かつてこの国を訪れてくれた旅人が残してくれた、感想記録さ。次の国を運営するにあたって、一番大切なものだ。なーんで忘れちゃったかなあ……？」

エピローグ

# 「赤い霧の湖で·a」

— Soared· a —

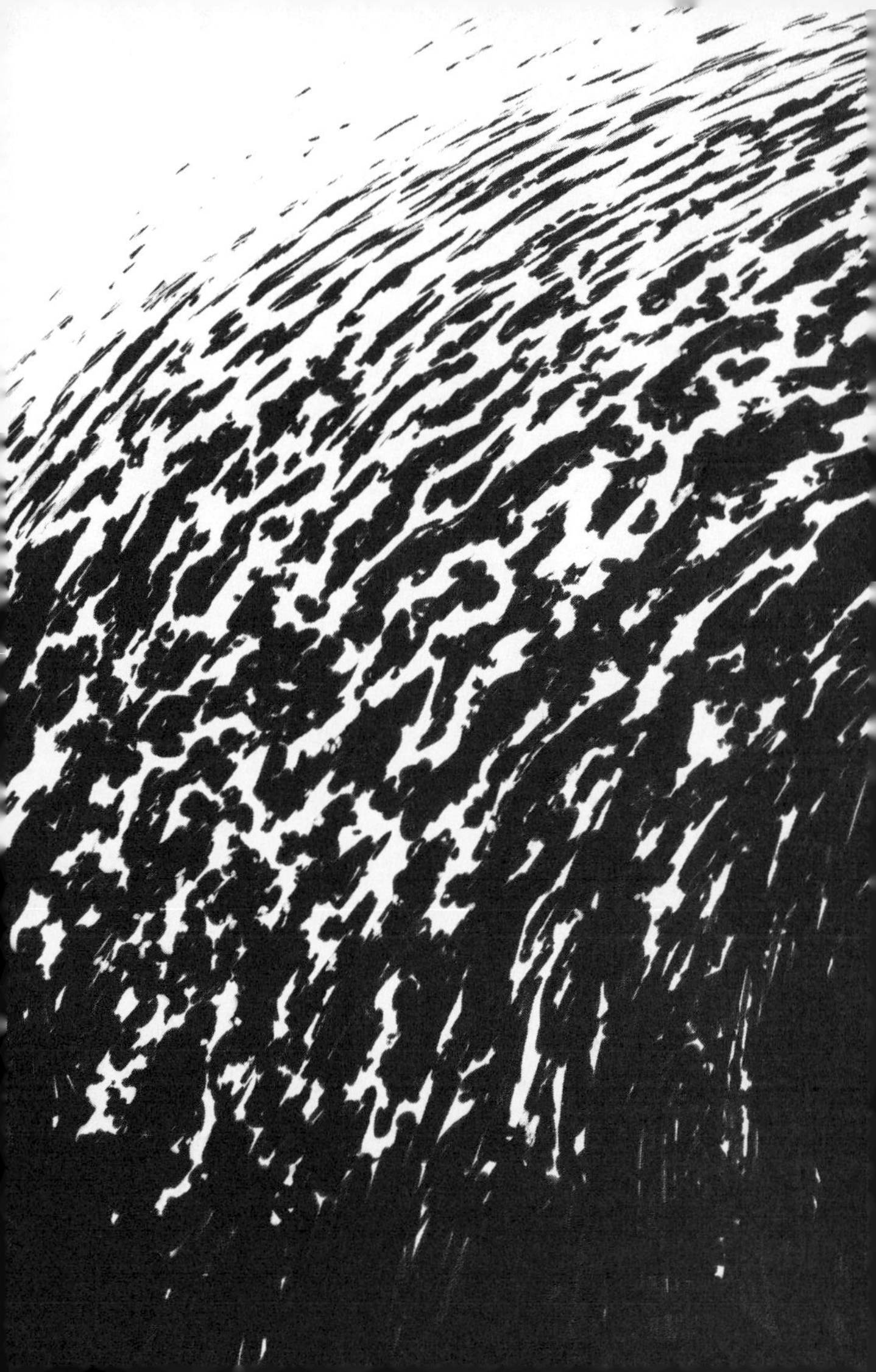

# エピローグ「赤い霧の湖で・a」
## —Soared・a—

「あれですね、師匠。見えてきましたよ」

黄色くてボロボロで今にも壊れそうで、でも壊れない車の運転席で、旅人の男が言いました。

ハンドルを握る、少し背が低くてハンサムな男は、

「って寝てましたか……」

左脇の助手席で寝ている女性を見ながら、独り言を続けました。

車は走り続けます。そこは湖の脇の道でした。国の中であることを示すように、道には電柱が立っていて、電線が延びていました。動物飛び出し注意の看板と、速度標識もありました。

道の右側には、背の低い森があります。初秋の森は、まだ紅葉は始まっておらず、濃い緑色を保っていました。

左側には、湖がありました。道のすぐ脇が水際《みずぎわ》で、その向こうには鏡のような湖面が、水平線まで広がっていました。とてもとても大きな湖でした。

道の先に、およそ三キロメートルは離れた場所に、船が見えました。

全長百メートル以上はあるでしょうか、大きな客船です。白を基調にした船体色が、朝の蒼《あお》い空と青い湖水によく映《は》えます。

そこには港がありました。船は、大きなコンクリート製の桟橋《さんばし》に横付けされています。その周囲の森は広く切り開かれていて、倉庫がたくさん建っています。宿も建っています。町もあります。

遠くから見ても、港の周辺は大変な賑《にぎ》わいだと分かりました。

大きなトラックが何台も行《い》き交《か》って、荷物の搬入《はんにゅう》をしています。船は船首の口を大きく開けていて、その中にトラックが飲み込まれていくのです。

「なるほど、あれが話に聞く〝カーフェリー〟か。車でそのまま乗り入れられるのは、確かに便利だなあ……。クレーンで吊《つ》って船に乗せるのは、ミスって落ちないかヒヤヒヤで」

男が独り言を続けながら、湖岸の道を走らせていきます。港がだいぶ大きくなりました。

「さあて、果たして乗っていいものやら……」

「何を今さら」

「あら、起きてましたか」

師匠と呼ばれた助手席の旅人の女性が、目を覚ましていました。

「あれだけ、ブツブツ言われますとね」

「そいつは失敬。独り言は、俺のクセみたいなもので。――ほら、ここにいない人に話しかけていると思えば違和感なくないですか？　例えば、幽霊《ゆうれい》とか」

「今度その話をしたら、撃ちますよ？」

「しませんよ？　ええ、しませんったら」

男が顔を引き締めました。この女性が本当に撃つと分かっているからです。そして訊《たず》ねます。

「じゃ、乗るって事でいいんですね？」

「そのために来たんでしょう？」

「でも、危険ですよ？　聞いた話、覚えてますよね？」

「〝赤い霧の話〟ですよね？　もちろんです」


時間は少し戻って、それは昨日の事でした。

旅人の女性と男は、この国の東側にある城門にいました。そして、入国審査中でした。

「旅人さん達は、西に向かっているんだよね？　するってーと、湖を渡るために来たのかい？入国の目的はそれかい？」

敬語も使わずに、しかし別に態度が無礼なわけでもない中年男性の入国審査官に聞かれて、

「さて？」

「はて？」

二人は首を傾げました。

「なんだ知らなかったのか！　驚きだ！」

目を瞬《しばたた》いた入国審査官に、

「アテもない旅烏《たびがらす》ですので。この国も、フラフラと通りがけに寄っただけです。して、湖とは？」

男が訊《たず》ねました。入国審査官が、語りたそうな顔をして、語りたそうな口調で答えます。

「この国の西側には、大きな湖があるんだ。特に名前はつけられてない。俺達《おれたち》は単に〝湖〟って呼んでいる。とても大きな、まるで海みたいな湖だ。そして湖の向こう側にも、一つの国があってな、その国との間に、定期的に船が出ているんだ」

「なるほど。それに乗って向こうの国に行けると」

「そうだ。湖上の道ってやつだ。朝に出発して、到着は翌々日の夕方。ほぼ三日間かけて渡る。長距離を一気に、しかも楽に移動できるから便利だぞ」

「その場合、車はどうすれば？　荷物として積むんですかね？」

「いや、フェリーだからそのまま乗ればいい」

「〝フェリー〟とは？」

入国審査官にカーフェリーの説明を聞いた後で、男は女性に顔を向けました。

「面白そうですね？　師匠」

「でも、危険もあるんだぜ？」

女性より先に、入国審査官が言いました。

「これはしっかりと説明しておかなくちゃな。湖の中央付近には、いつも赤い霧が立ちこめている。湖の底から何か物質が浮かんできて、それが赤い霧になっているんだそうだが、詳しくは誰にも分からない。そして、船はどうしても、そのエリアを通り抜けなければならない」

「へえ。まあ、霧くらいなら、慎重に行けば――」

「まてまて、話はこれからだ。その赤い霧には、強い毒性があるんだ。濃い場所で大人が吸ったら、ヘタすればぽっくりと死んじまうぞ」

「うげ？」

「船には、外の空気が船内に入らないような空調機構があって、霧を通り抜けるときは作動させるから、一応は大丈夫だ」

「それは良かった」

「ただ、その装置が故障したら？　船そのものが故障して、漂流《ひょうりゅう》したら？　ガスマスクもあるが、そんなのは救命胴衣《きゅうめいどうい》と同じで一時しのぎだ。最悪のことを考えて乗船する必要がある。〝私はこの航海の途中に霧の毒で死んでも文句は言いません〟って一筆書かされるからな」

「なんとまあ。それでも、運航はされているんですね？」

「例えリスクがあっても、圧倒的に便利だからな。湖を陸路で迂回《うかい》したら、何倍もの時間と金がかかる。必要物資の移動ルートとしての重要性が、とても高いんだ。あの航路なしに、両国の発展はなかった。これからもなくならないよ。たとえ、可哀想《かわいそう》な船乗りが何人毒で死んでもな」

「なるほど。大変ですねえ」

ずっと黙って聞いていた旅人の女性が、ここで口を開きます。

「先ほど、〝大人は〟と言ったわけは？」

入国審査官が、

「鋭いな、姉さん」

ニヤリと笑いました。

「その言葉の通りさ。赤い霧は、なんでかは今もハッキリしていないが、十五歳までの子供だと、吸っても重症《じゅうしょう》化しにくいんだよ。だから――」

「なるほど。船員は子供達ってわけですか」

旅人の二人は、港にいました。

広い港の駐車場に車を止めて、船を見上げていきます。

巨大なクジラのように大きな口を開けている船に、荷物をたっぷり積んだトラックが何台も入っていきます。

船の高い場所にある甲板《かんぱん》では、船員が、急いで掃除をしている姿が見えます。ペンキを塗って補修している様子も見えます。

車両の誘導《ゆうどう》も甲板作業も、行っているのは全員が子供でした。全員同じ、灰色のつなぎ服姿でした。男の子もいれば、女の子もいました。

見たところ下は十歳から、上は十代半ば――、入国審査官の言葉通りなら、十五歳までなのでしょう。

「船員には、子供達を起用している。航海中、どうしても外での作業が必要になる。見張りとか、外部の修繕とか、それこそ空調の不具合を直す時とかな。両国の子供達が、あの航路を支えているんだよ。子供達が霧を吸ってでも船で働く理由？　そんなの一つに決まってらあな」

「やっぱり、お金ですかね？」

「そうだ。あの船で働く子供達は、十五歳まで勤め上げれば大金が手に入る。大学に行けるくらいのな。それも、悪い大人に取り上げられないように、国が通帳を管理している。船員になりたい子供達は、たくさんいるさ」

「なるほど。でも、〝重症化しにくい〟っていっても、体を壊したり、最悪死んでしまうこともあるんですよね？」

「そりゃあ、ポツポツとな。こうなると運の話だ。軍人や警官や消防隊員の殉職者《じゅんしょくしゃ》と同じ、〝避けられぬ犠牲《ぎせい》〟ってヤツだな。そして一人死ぬと、席が一つ空く。次の航海では、ラッキーな新しい誰かが働いているって寸法だ」

「いずこの国も、ガキは生き残るために必死、か……。頑張れよ」

ぽつりと呟《つぶや》いた男に、女性が少し呆《あき》れた顔で話しかけます。

「また独り言ですか？　そろそろ乗船の準備をしますよ」

「あ、はいはい」

子供の船員が、トラックの積み込みを終えたようで、続いてそれ以外の車の誘導を始めました。こちらに向かって大きく旗を振っています。

旅人達は黄色くて小さな車に乗り込むと、エンジンをかけて走り出し、大きなトンネルの中へ入っていきました。


「中は、まあまあ快適だな」

旅人の二人は、それぞれの船室にたどり着きました。

広い車両甲板で車を降りて、必要な荷物だけを持って、狭い階段を上がった先が客室フロアです。

当然ですが船内に持ち込む物のチェックは厳しくされて、パースエイダー（注・銃器のこと）などは、車に残す必要があります。もちろんですが、車に戻るのも禁止です。

この船の客室にはグレードが、特等、一等、二等、三等とあったのですが、二人がそれぞれ手に入れたチケットは一等船室でした。

固定ベッドで一人、あるいは予備ベッドを広げて二人までの個室です。ホテルのシングルルームより小さなスペースです。

シャワーとトイレは一メートル四方に両方を押し込んだ、とても狭いものです。細部はあちこち錆《さ》びていますが、船の中なので、まあ部屋にあるだけマシと思うしかなさそうです。

それでも上から数えた方が早いグレード、お値段はそれなりにしました。

しかし、二人が以前、あまり人には言えない方法で手に入れた宝石を売ったお金で、おつりが出ました。

男が、自分の部屋の隅々《すみずみ》まで、厳しくチェックを開始しました。

別に船が好きだからではありません。掃除の不行き届きを指摘《してき》したい姑《しゅうとめ》でもありません。

部屋でノンビリしている時に暗殺されたり、誘拐《ゆうかい》犯が入ったりする危険を想定しての、いつものクセです。毒針でも吹かれそうな小さな穴がないかとか、盗聴《とうちょう》マイクやカメラが仕掛《しか》けられていないか、とか。または、自分がやってきたことをやられないか。

問題は無さそうでした。

その過程で分かりましたが、船舷《せんげん》に面した丸い窓はキッチリとはめ殺しで、鉄板との隙間《すきま》はコーキングされて僅かな隙間《すきま》もありませんでした。例の霧対策でしょう。

部屋に固定されていたベッドの下には、非常用の救命胴衣と、乗客用のガスマスクが用意してありました。

ガスマスクの使い方も懇切丁寧《こんせつていねい》に書いてありましたが、『赤い霧に対してそれほど長くは保たないので過度の期待はしないこと。ジワジワと苦しんで死ぬよりは、いっそ取って即死した方が楽になれるかもしれない』などと恐ろしい言葉が並んでいました。

チェックを終えた男は、

「さあて、ブラブラするかな」

出港までの時間に、船の中をあちこち歩くことにしました。

特等室はドアが閉まっていて覗《のぞ》けませんでしたが、船内地図によるとバルコニー付きのスイートルームだそうです。お値段は呆《あき》れるほど高いですが。

チラリと見た二等船室は二段ベッド二つの四人部屋で、三等船室は十六人部屋でした。もちろん中にトイレや洗面台などありません。窓もありません。

客室のある甲板は二層あって、上が特等と一等、下が二等と三等、そして休憩《きゅうけい》室やレストランがありました。

船の旅に、レストランは欠かせません。

「美味《おい》しいものが食べられるといいな」

男は呟《つぶや》きながら、お皿の準備などをしている子供達を横目に通り過ぎました。船内で働く子供達は、つなぎ服ではなく、学校の制服のようなシャツとスラックスでした。

船首付近にある操舵《そうだ》室は立ち入り禁止ですが、出入りしている者達の姿は見られました。さすがに船長以下の数人は大人でした。操舵《そうだ》室や機関室など、各部署にちらほらと、パリッとした船乗りの制服を着た大人達がリーダーとして配置されて、その下にたくさんの子供達がいるようです。

やがて、子供の声で、船内放送が流れました。

この船が時間通り、十時に出港すること、明日は朝から晩まで赤い霧の立ちこめるエリアを航行すること、その際の注意点などがたくさん語られました。

特に、霧が濃い場所で客がドアを開けて勝手に外に出ようとすると、最悪射殺されることがあるという、とても船の案内には思えないアナウンスが流れました。

「出ませんよ。頼まれたって、出ませんよ」

男がリズミカルに独り言を言いながら部屋に戻ってくると、すぐにそのドアがノックされました。金属ドアが、重苦しく響きました。

男が、

「はいはーい」

旅人の女性が来たのかと思ってドアを開けると、そこには誰もいませんでした。

いいえ、いました。視線を水平より下に動かすと、背の低い船員の女の子がいたのです。

「お客様……、この区画を担当しています。お湯をお持ちしました」

そう言ってきたのは、船内制服姿の女の子です。

褐色《かっしょく》の肌《はだ》に茶色の短い髪。年齢は、十～十二歳くらいでしょうか？　顔には、まだ幼さを強く残しています。そして表情はとても硬く、愛嬌《あいきょう》の〝あ〟の字もありません。

両手で差し出してきたのは、大きくて重そうな、まるで砲弾のような魔法瓶《びん》です。お客がお茶を飲むために、お湯をサービスしてくれるようです。コップとお茶っ葉は、部屋に備え付けてありました。

「ありがとう。ご苦労様。重そうなのに、偉《えら》いねえ」

男がにこやかに笑いながら受け取ると、

「おっと」

実際かなり重く、大人でも両手が必要なほどでした。

「仕事ですから……。もっと必要な時は、何時《いつ》でも構いませんので、呼んでください。すぐに参ります」

女の子が指さしたのは、ドアの脇にある小さなスイッチでした。特に何も書いてなかったのですが、給仕《きゅうじ》を呼ぶためのブザーのようです。

「分かったよ。航海中、よろしくね」

男が笑顔で見送ると、女の子は廊下《ろうか》を歩いていくのですが、その際に大量の魔法瓶《びん》が入った大きなカートを押していきます。

大変に重そうなそれを押して長い船の廊下を行くのは、かなりの重労働です。

「これくらい、大人がやればいいのになあ」

男は呟《つぶや》きましたが、手助けはしませんでした。彼女の仕事を奪うわけにはいきません。

出航を告げる汽笛が、甲高《かんだか》く響きました。


十時ちょうど。

船は、港をゆっくりと離れると速度を上げ、一路西へと向かいます。

やがて陸は一切見えなくなりました。鏡のような湖面を、船はかなりの速度で、波を蹴立《けた》てて進みました。

客室には、ディーゼルエンジンが立てる小さな振動と低音が伝わり、かすかな揺れがそれに加わります。しかし、船酔《ふなよ》いの心配などまったくなさそうな、大変に穏《おだ》やかな航海でした。

男は、寒くないようにジャケットを着て、甲板に出てみました。船の後部に、広々としたデッキがあります。

船尾《せんび》方向を見ると、船が真っ二つに切り取った湖面が見えました。鏡のような水面に、スクリューの白波が真《ま》っ直《す》ぐに延びて、その左右に、舳先《へさき》が立てた波が広がっています。

吹《ふ》き込《こ》む風は少し寒いのですが、太陽がぽかぽかと、船と空気と男を暖めてくれています。

「いいねえ……。まさかこの俺が、ノンビリ船に乗ることになるとは……」

男はデッキのベンチに座ると、蒼《あお》い空を眺めました。旅人の女性が昼ご飯の時間に捜《さが》しにくるまで、ずっとそうしていました。


乗客の食事はレストランですが、食べられる時間もメニューも最初から決まっています。好きな時間に来て、好き勝手に注文できるわけではありません。

船内の時計が十二時になったとき、乗船客の全員がテーブルにつきました。

数十人いる客のほとんどは、仕事で行き来する両国の商売人です。

残りが旅行者で、今回の航海では、六人でした。よそ者同士、仲良く端っこのテーブルに座りました。

簡単な自己紹介をして、二人にも、他の四人のことが少しだけ分かりました。

四十代の男性と女性は夫婦《ふうふ》で、船が出た国の住人でした。これから向かう国が好きで、休暇《きゅうか》の度に訪れていて、何度もこの船にも乗っているのだとか。ちなみに特等室です。

二十代の若い男性は、逆にこれから向かう国出身の、裕福《ゆうふく》な学生でした。隣国《りんごく》に留学しているので、今は里帰りの最中。

最後に、七十代と一番年上の、丸メガネと長い顎髭《あごひげ》が似合うお爺《じい》さんは、遠い別の国の出身でした。人生の最後の楽しみにと、家を含む全てを売って手に入れた豪華キャンピングカーで、この世界を一人でノンビリと回っているのだとか。旅先で死んでもいいくらいの覚悟《かくご》で。

給仕の子供達が、ワゴンに載せて食事を持ってきました。パンにスープにサラダにお肉と、シンプルではありますが美味でした。

それらを食べながら、旅人達の会話は盛り上がります。

女性と男は、もちろんですが赤い霧について訊《たず》ねました。既に何度も乗っている三人に。

夫婦は、船はしっかりしていると答えて、

「大丈夫さ！　私達は何度も突《つ》っ切《き》っているが、今まで一度も死んだことはないよ！」

若い男性は、自分はやっぱりちょっと恐いので、念のために窓のある一等船室ではなく、船の中央付近、三等船室のベンチにいることにしていると言いました。そして、

「思うんですけど、僕は、家が裕福で良かったですよ……。ちょっと運命が違っていたら、子供時代を船の上で過ごしていたかもしれない。そして……、運悪く死んでいたかも」

最後に、お爺《じい》さんが言います。

「赤い霧は実に興味深い！　いやもう、ワシはそのために乗ったようなものだ！　ガスマスクを勝手に使ってはいかんかな？」

なんと物好きな。

全員が同じ気持ちで、丸メガネの奥《おく》で煌《きら》めく瞳《ひとみ》を見ました。

お昼ご飯をたらふく食べれば、後はやることがありません。暇です。

旅人達は自分達の部屋に戻って、昼寝という名のリラックスを楽しみました。

そして、窓の外がオレンジに染まる頃、また夜ご飯で顔を合わせて、船内は禁酒なのでしらふのまま適度に盛り上がり、それもお開きになって、

「やることは一つ」

男は自分の部屋で横になると、早く寝るのでした。

翌日。

旅人の男は、夜明けと共に起きました。

別に早起きするつもりはなく、カーテンを閉め忘れて寝たので、窓からの明かりが刺激になっ

たからです。

「さて……、霧はっと？」

男は恐《おそ》る恐《おそ》る外を見て、特に昨日と変わっていませんでした。鏡のような湖面が、朝の光の下で流れています。赤い霧の立ちこめるエリアは、まだしばらく先のようです。

朝食の時間にもだいぶあるので、男はお茶でも飲もうと考えて、ブザーに手を伸ばし、

「…………」

考え直して止《や》めました。

自分の足でお湯を取りに行くことにして、船内地図を見て、給湯室を探しました。

どうやらレストランの脇にあるようなので、そこに向かいました。

たどり着いて、ドアが開いていたので覗《のぞ》くと、給仕の子供達が早朝から働いていました。たくさんの魔法瓶《びん》に、お湯を移《うつ》し替《か》えている最中でした。

巨大なボイラーに繋《つな》がる蛇口《じやぐち》から勢いよく吹《ふ》き出《で》る熱湯を汲《く》むのは、かなり危険な作業に見えますが、

「それも仕事か……」

男は手を出しません。

しかし、疑念は口にします。

「ねえ君達。俺の部屋の担当のお嬢さんは？」

昨日見かけた、褐色の肌に茶髪《ちゃぱつ》の女の子はいません。今日は休暇なのかと思いましたが、そんなわけはないでしょう。

「カチュアなら――」

名前は分かりました。

答えてくれた男の子が、さもなんということもないように、まるで今日の天気を答えるかのように、サラリと答えます。

「体が動かなくて、起きられないんだよ。ありゃあ、もうダメじゃないかな?」

小刻みにドアを叩《たた》く音に、

「なんですか……」

旅人の女性はベッドから抜《ぬ》け出《で》ました。

シャツとスラックス姿で寝ていた女性は、いつものクセで、撃たれないようにドアの前ではなく脇に立ってから、

「こんな早くから、どなたですか?」

「俺ですよ師匠! とにかく開けてください早めに!」

「まったく……」

旅人の女性が鍵《かぎ》とドアを開けると、そこには旅の相棒の男が、両腕《りょううで》で女の子を抱えて立っていました。

「は？」

さすがに意表を突かれた女性でしたが、やりたいことは理解して、ドアの前からどきました。男は部屋に入ると、まだ温かいベッドに女の子を寝かせて、サッと毛布を掛けました。

ドアと鍵を閉めた女性がベッド脇に立って、どう見ても顔色が悪く、弱々しく息をしている女の子を見下ろしました。さっきからずっと、苦しそうに目をきつく閉じたままです。

「赤い霧の毒ですか」

「みたいです」

男が答えます。

「子供達の話では、即効性《そっこう》がなくても蓄積《ちくせき》はするようで、突然に体が動かなくなるとか。あとは運次第《しだい》とか……」

「なるほど。しかしあなたも物好きですね」

じとり、と見てきた女性に、男は肩をすくめて返します。

「この子は、俺の部屋の給仕ですからね。死なれると、お湯が手に入らなくなる」

「そういうことにしておきましょうか。——でも、私達にできることはありませんよ？」

「ありがとうございます。でも、あのタコ部屋で大人にドヤされるよりはいいでしょう。他の子供達には、〝客の命令で〟、ってことにしてあります」

「まったく」

女性が溜息《ためいき》をついた、その時でした。

船の中に、けたたましいアラームが響き渡りました。寝ている人も全員が起きるだろう大音響でした。

「モーニングコール、じゃないですよね？」

男は、分かっていて言いました。

船内アナウンスで、間もなく赤い霧の立ちこめる水域に入ると告げられました。そして、今一度、注意事項《じこう》が徹底《てってい》されます。

男が窓に頬《ほお》をくっつけて、できる限り進行方向を見ると、

「あれか……」

水平線上に、血のように赤い空気が広がっていました。湖面から空の上まで、世界を覆っていました。

アナウンスが続けて、僚船《りょうせん》との合流は十一時を予定、と告げました。

「〝僚船《りょうせん》との合流〟？」

男が首を傾げて、

「さあ」

女性もまた、分からない事を分からないと表現しました。

「もう一隻《せき》の、船です……」

か細い声で答えたのは、カチュアという名前の女の子でした。

男を、うっすらと開けた目で見ていました。見えているのかは分かりませんが。

「おや起きた？　気分はどうかな？　良くなるまで、ノンビリしていてね」

男が笑顔で言いましたが、カチュアは質問に答える方を選びました。

「向こうの国から出た船が……、必ず、途中で、合流します……。霧が深いので、電波で位置を確認しながら……、船を、いちど、着けます……」

「それは、なんでまた？」

「霧の中で走り続けて……、ぶつからないように……。あと、わたし達《たち》を、乗せ換《か》えるから、です……」

「ああ、なるほど……」

「なるほど」

旅人の二人にも分かりました。

子供達は、別の国に行くことはできないのだと。だから、中央で船を乗り換《の》《か》えるという、面倒《めん》《どう》で危険なことを強いられているのだと。

男が窓の外を見ました。さっきまで蒼《あお》かった空が、もううっすらと、赤みがかっていました。

「まあ、カチュアちゃん、ここでゆっくり休んでいるといいよ。調子悪いから、向こうの船に移る必要もないでしょう。俺が、説明してあげよう」

「いいんです……。無駄《むだ》です……。わたし、たぶん死にます……」

「またまた」

「わたしは、何人も、見てきました。これは……、死ぬんです」

「…………」

「いいんです……。でも、最後に……、一つだけ、やりたいことがあるので……、外に出ます……」

黙った男の代わりに、女性が訊《たず》ねます。

「それは、なんですか？」

カチュアは答えました。

「好きな男の子の顔を……、死ぬ前に、もう一度だけ見たいです」

カチュアの世話は、引き受けてくれた女性に任せて、男は自分の部屋に戻っていました。

ベッドに座って見た窓の外は、血の海に潜《もぐ》ったかのように赤でした。

「初恋《はつこい》相手、か……」

先ほど、カチュアは言いました。

好きな男の子の顔を、もう一度見たいと。

弱々しい口調で、しっかりと説明してくれました。

僚船《りょうせん》に、同じような境遇《きょうぐう》の子供達がいて、その中に、年上の男の子がいると。

接舷《せつげん》して鉄板を渡して乗り換えるとき、彼女が滑り落ちそうになって、とっさに支えてくれた命の恩人だと。

それ以後、幾度《いくど》となく言葉を交《か》わすようになって、やがては仕事の僅かな休憩時間で二人だけで話すようになりました。その時間が、彼女には何よりの幸せだったと。

そして、二人は心に決めていました。

この仕事を終えて大金を稼《かせ》いだら、結婚して一緒に暮らそうと。

「でも……、むり、みたいです……。だから、最後に、乗り換える時……、会えるの、だけを……」

そう言って気絶するように眠ったカチュアは、

「どう見ても動けないよなあ……」

船を乗り移れるようには思えませんでした。

「やれやれ」

男は、ドアの脇のブザーを押しました。

やって来たのは、急遽《きゅうきょ》この区画も担当することになった男の子で、

「お客様。ご用でしょうか？」

「うん、質問があるんだ。気分が悪い話かもだけど、答えて欲しい。君達が、船の中でもし死んでしまったら、死体はどうなる？」

「はい。国に戻るまで船に置いておく場所はありませんので、水葬《すいそう》になります。接舷中に行うことがほとんどです。長く汽笛が鳴らされたら、その数だけ、仲間の誰かが霧の影響《えいきょう》で死んだって分かります。事故死や自殺では鳴らされませんので」

「なるほど。じゃあ次の質問」

「なんなりと」

「君達給仕係のボスの大人は誰？　呼んできて欲しい」


「で、宝石を渡してしまった訳ですか。本当に物好きですね」

「まあ、またどこかで手に入れますよ」

女性の部屋で、二人はお茶を飲みながら話をしていました。

「でも、賄賂《わいろ》の威力はバッチリです。カチュアは、接舷まではこの部屋にいていいことになりました」

「それはそれは。あなたはその大人に、一体何を言ったんですか？」

女性の問いに、男はそっと顔を逸《そ》らしました。

「知らない方がいいです」

「そうしましょう。——で、あなたはその男の子を部屋に呼んで、最後に会わせてあげよう

と」

「まだ最後って決まったわけでは。元気を取《と》り戻《もど》すかもしれませんよ？」

男が笑顔で言いましたが、ずっとカチュアを見ていた女性は、何も答えませんでした。

真っ赤な霧の中で、二隻《せき》の船が近づいていきました。

甲板には、子供達が、ガスマスクを着けずに立っていました。マスクを着けないのは、視界が著《いちじる》しく悪くなって、声が伝わらなくなって、かえって危険だからとか。

強力なライトで僚船《りょうせん》を誘導する係、接舷時にロープを渡す係、渡《わた》り板《いた》を設置する係、そして、ただ船を移動するためだけに、船外で待っている他の子供達。

その中に、カチュアは居ませんでした。

僚船《りょうせん》が霧の中から、何度も何度も霧笛《むてき》を鳴らしながら、そしてライトを点滅させながら近づいて来ました。

まるで幽霊船のように姿を見せた船の甲板には——、

まるで幽霊のように、向こうの国の子供達が乗っていました。

窓から船を見ていた男が、

「ではちょっくら、行ってきます」

散歩に行くような口調で、部屋を出て行きます。

手に、ガスマスクを持って。

部屋には、弱く息をしているだけのカチュアと、旅人の女性が残されました。


男が出ていって、僅か十分ほどでしょうか。

「戻りましたー」

すんなりと、戻ってきました。

手にはガスマスクを持ったまま。そして、もう片方の手で、一人の男の子を引き連れていました。

つなぎを着た、十五歳くらいの、まだ幼さを残した顔つきに、厳しい仕事で鍛えられた逞《たくま》しい体がアンバランスな少年です。

「…………」

旅人の男が、体格が同じくらいの少年の手を引いていることに、女性は少し首を傾げました。

少年は横たわる少女を見るなり、男を追《お》い抜《ぬ》いてベッドの脇にしゃがんで、顔を覗《のぞ》き込んで、

「カチュア！　カチュア！」

名前を呼びました。

うっすらとカチュアの目が開いて、そこに、会いたかった人の顔を見て。

「ああ……。嬉《うれ》しい……」

眦《まなじり》から、涙《なみだ》が筋で流れていきました。

「わたし、死にます……。いっしょに、生きられなくて、ごめんなさい……」

「気にしないで！　どうか！　気にしないで！」

弱々しいカチュアの声と、対照的に力強さしかない少年の声が、狭い部屋に響きます。

「きっと僕達《ぼくたち》は、あの世で一緒になれるよ！」

「ああ……、うれしい、です……。待ってます……。でも、なるべく遅く来てくださいね……」

「……分かった！」

「また会いましょうね……」

そう言い残して、カチュアの口は動かなくなりました。顔は、微笑《ほほえ》んだままでした。

静かに佇《たたず》む少年の体の脇から、旅人の女性はカチュアの脈を取って、開いたままの目を覗《のぞ》き込んで、それから手の平でその瞼《まぶた》をそっと閉じました。

「間に合ったようですね」

男の声に、

「たいしたものです」

体を起こした女性が、少しだけ感心しました。カチュアの亡骸《なきがら》の前で祈るように佇《たたず》む少年の背中を一度見てから、

「どうやって連れてきたのかは分かりませんが」

やり方を教えろ、と言わんばかりに視線を向けてきた女性に、

「まあ……、〝俺にしかできないこと〟って、いろいろあるんですよ。これぱっかは、師匠じゃ無理でしたねえ」

答えたくないです、と言わんばかりに男は目をそらしました。

「そうですか」

「一つお願いを聞いてもらってもいいですか？　師匠。カチュアのボスの大人がレストランにいるはずです。カチュアが亡くなったと、知らせてもらえますか？　俺はその間に、この少年を逃がします」

「いいでしょう」

女性が立ち上がって、ドアを開けて出ていき、ドアを閉めました。

部屋には、一人の死んだ人間と、一人の生きた人間が残されました。

「さて、そろそろ行くといいよ」

男が言いました。

横付けして泊まっている二隻《せき》の船が――、
汽笛をそれぞれ一度ずつ、とても長く長く鳴らしました。

「今日は二人か……。可哀想《かわいそう》に……」

三等船室のベンチで本を読んでいた学生が、かすかに聞こえたそれに反応して、小さく呟《つぶや》いて、

「どうか、御霊《みたま》の安らかならんことを」

目を閉じて、祈りを捧げました。

男の部屋がノックされて、

「どうぞー。開いてますよー」

旅人の女性が、入ってきました。

「昼食だそうですよ」

「ああ、ありがとうございます」

窓の外を見ていた男が、振り向かずに言いました。

赤い霧が立ちこめた世界で、隣に泊まっている船がぼんやりと見えていて――、
そして、二つの船の間で、カチュアと少年が寄《よ》り添《そ》って、笑顔で手を振っているのが見えました。

男が小さく手を振り返すと、二人の体は、赤い霧の中に溶けるように消えていきました。

「じゃあね」

男は呟《つぶや》いてから立ち上がると、怪訝《けげん》そうな顔をしている女性に言うのです。

「失敬。独り言はクセみたいなもので」


船のレストランで、昼食のテーブルを囲んだのは――、
妙齢《みょうれい》の女性と、少し背が低くてハンサムな男と、四十代の夫婦と、七十代の丸メガネと髭《ひげ》のお爺《じい》さんです。

船の窓の外は、赤い霧に包まれた世界でした。

その窓を指さしながら、お爺《じい》さんが言います。

「なあみんな、あの霧について面白いデータが取れたんだが、話を聞いてくれるかい？　聞いてくれるよな！」

旅人の男が聞き返します。

「データ？　どんなですか？　というか、どうやってデータを？」

「よくぞ聞いてくれた！　実はワシは、船の甲板に観測機械を置いておいた！　もちろんコッソリと！　霧の成分を採取して分析《ぶんせき》する機械だ！　そのデータが、先ほど部屋に転送されてきた！」

「はあ、よくやりますねぇ」

そう言った男のみならず、女性や夫婦も、呆《あき》れと感心が混じった顔で、お爺《じい》さんを見ていました。

「詳しい分析の数値は、話しても分からないだろうから省くが――、その霧には、不思議な力があることが分かった！　機械で取得した数々のデータが、それを証明している！」

「おや。どんな？」

男が聞いて、皆がそれなりに、期待を込めた目を向けました。

「人の意識を、吸い取る力だ！」

テーブルが、静寂《せいじゃく》に包まれました。

夫婦は思いっきり眉根を寄せて、旅人の女性は視線を上に向けました。どう見ても、信じていませんでした。

そんな反応を見たのか見ていないのか、それとも無視したのか、お爺《じい》さんは続けます。

「赤い霧には、微量《びりょう》だが電気を通す性質があった。しかも、人間の皮膚から電気刺激を持ち去っていくことも分かったのだ！　つまり、霧に暴露《ばくろ》した人の脳内の電気信号に影響を及《およ》ぼし、その結果、意識を吸い取って持っていってしまうんだ！　当然死ぬ。この霧で大人がすぐに死んでしまうのは、脳が完成されていて電気刺激の経路が分かりやすいからだ！　子供は逆！　ただ、子供でも、例えば人生の目標が明確で強い意志を持っている、なんてことがあれば、影響を受けやすいだろう！　そしてここからが重要なのだが、あの霧の中では、そんな吸い取られた意識が自我《じが》を保ったままで存在している可能性すらあるのだ！　つまり、人はあの霧の中で生きられるのだ！　その実証には、より詳しい研究が必要だがな！」

大演説を終えたお爺《じい》さんに、

「なんとも難しいお話で、私達には分かりませんね……」

「右に同じくですわ」

四十代の夫婦が言って、

「ぬう……。そうか……」

お爺《じい》さんはかなり寂《さび》しそうです。

「お主は？」

「残念ながら、私にも分かりません」

丸メガネを向けられた旅人の女性も、正直に答えました。

その隣にいた旅人の男が、ぽつりと言います。

「あ、俺は信じますよ――、その話」

「おおっ！　嬉《うれ》しい！　嬉《うれ》しいが……、それはナゼかね？　科学者として、理由が知りたい！」

興奮して訊《たず》ねたお爺《じい》さんと、ますます怪訝《けげん》そうな顔をした夫婦と、表情変化はごく僅かですが驚いている女性の前で、

「だって――」

男は答えます。

「その方が、美しいじゃないですか」

返答に感心したのは夫婦の奥さんの方で、

「まあ！　ロマンチストですね。そんな理由は素敵ですわ！」

ガッカリしたのはお爺《じい》さんです。

「なあんだ……」

旅人の女性はというと、旅の相棒の横顔を、黙って怪訝《けげん》そうに見ていました。

男は窓の外を見ていました。船が、ゆっくりと動き出しました。

霧の向こうにかすかに見えていた別の船が、離れていきます。赤い霧が立ちこめる湖の上で、

「あ……」

男の目には、二つの赤い光が見えていました。

そして、

巻末あとがき的スペシャルショートストーリー

# わらしベキノの旅 the Beautiful Trade

むかしむかし、あるところに、一台のモトラド（注・二輪車です。空を飛ばないものだけを指します）に乗った旅人が、まあエルメスとキノでした。

「説明が雑っ！」

ページ数が少ないのです。

「しょうがないなあ……」

「誰と話しているのさ？　キノ」

森の中の道を走るキノとエルメスは、お腹《なか》が空いていました。携帯食料を食べ過ぎて品切れだからです。以上証明終わり。

「お腹《なか》が空きすぎて、ボク達《たち》はもうダメだ……」

「いやこっちは別に？　モトラドに空腹はないし」

スルーします。そして腹ペコのキノは願いました。心から願いました。強く強く、願いました。ああ神様、なんとかしろ。偉そうでした。

　すると神様が、白樺《しらかば》の隙間《すきま》からヒョッコリ空に顔を出して優しげに言います。

「私が神だが、そんなの自分でなんとかしろや。困ったときだけ神の名を口にするの、人間の悪いクセやで」

　その仕打ちと空腹にショックを受けて、キノは転んでしまいました。キノだけです。

「器用だなあ。早く立って」

　スタンドで立っているエルメスが、地べたに無様に負け犬のように這《は》いつくばっているキノに、優しさの欠片《かけら》もない言葉を投げかけました。キノは泣きべそをかきながら立ち上がりましたが、その手の中に、偶然握ったものがありました。

「あん？　何これ？」

　キノが握ったそれは、長さが百センチくらいの、太くて頑丈な、荷物を縛るための紐《ひも》でした。かつて走ったトラックの荷台から落ちたのでしょう。たぶんそんなところでしょう。

　キノはそれを見て、すぐさま食べようとして、人としてどうかと思うと、エルメスに窘《たしな》められました。キノはそれを口から出してポケットにしまいつつ、空腹度限界突破的弱々しさで言います。

「こんなものでも……、いつかは役に立つかもしれない……」

「どんな風に？　思いつかないねえ」

「エルメスのタイヤが外れそうになったら縛る」

「おいヤメロ。そんなんで治るか！　もちっと、モトラドの乗り主としての自覚を持て」

「うるせえ売るぞ？」

「やれるモンならやってみろ」

仲のいい二人は、森の中を進んでいきます。すると、一人の旅人に出会いました。

大きな荷物を背負って旅をしている、若い男でした。しかし男は、腰に手を当てたまま、道の端に呆然《ぼうぜん》と立ち尽くして悲しげな表情を浮かべています。

「中山道《なかせんどう》に立ってるお地蔵さんかと思ったよ」

エルメスが、世界観にそぐわない感想を述べました。

「こんにちは。切なそうなお顔をして、どうしましたか？　ボクはお腹《なか》が空きました。食べ物をよこ――、ありませんか？　分けてもらえるほどの、余裕はありませんか？」

キノが、かすかに残った常識と理性を使って話しかけました。旅人が、この世の終わりのような顔をして言います。

「実は、ベルトが切れてしまったのです。腰を押さえていないと、ズボンが落ちてしまい、私はフル××××××しになってしまいます」

「それはお困りですね。では、こちらをお使いください」

エルメスが言いました。事態を把握できないキノがポカンとしていたので、エルメスがそのケツを蹴《け》っ飛ばしました。どうやったかは不明です。

「はっ！　この紐《ひも》はどうでしょう？　ベルトにちょうどいいと思いますが！」

キノがポケットにさっきしまったばかりの紐《ひも》を男に見せると、男は大喜びしました。すぐに腰に巻くと、ピッタリでバッチリでした。今年の夏に流行《はや》りそうなヌケ感がありました。ぶっちゃけ似合ってました。

「ああ、ありがとう！　これで、結婚式に遅れなくてすむ！　とても助かりました！　お礼にこれを差し上げます！」

男が大きな荷物の中から、直径三十センチくらいの、鈍い緑色をした金属の丸い缶を取り出しました。キノが受け取ると、よほど急いでいたのでしょう、

「リンダー！」

男は叫びながらバビュンと走り去って見えなくなりました。凄《すご》い健脚でした。

「どういたしましてー！　――しめしめ、儲《もう》かったぞ」

「主役のセリフ？　さて、中身はなに？」

「空気を読んで当然食べ物でしょ？　それ以外の流れ、ある？　しめしめ、ずっしり詰まっているぞ」

キノが缶を開けようとしました。開きませんでした。缶の上下はがっちりと固定されています。

「どういうことだ！」

キノが空に叫びました。エルメスが気付きます。

「あ、分かった。キノ、それ、中身がどうこうって物じゃないんだよ。そのまま使うの」

「どうやって？」

「地面に浅く埋めておくの」

「すると」

「戦車が上を走ったら信管が作動して爆発する」

「食べ物じゃ、ないの……？」

キノが、この世の終わりのような顔をして、貰《もら》った対戦車地雷を切なそうに眺めました。そして、

「でも、よく煮れば食べられるよね？」

「現実と戦って」

荷台の上に対戦車地雷を載せたキノが、

「もうむり……。お腹《なか》と背中がくっつく……」

泣く涙もなくなったキノの運転でヘロヘロと走っていきます。道が真《ま》っ直《す》ぐで助かりました。カーブがきつかったら、今頃三百回くらいは転んでいたでしょう。

「キノ！　進む先に水面が見える！　湖だよ！」

「湖って……、食えるの……？」

「気を確かに！　魚がいるでしょ！」

「魚って……、食えるの……？」

「息をして！　酸素を脳に取り入れて！」

　こうしてキノとエルメスは、湖畔に出ました。

　とてもとても大きな湖です。見渡す限り、水平線が広がっています。

　そして、一つの看板が立っていました。こう書いてありました。

『この湖での魚の捕食を絶対に禁じる！』

　キノは看板を撃ちました。持っているパースエイダー（注・銃器のこと）の『カノン』と『森の人』と『フルート』を総動員した乱れ撃ちでした。看板は一瞬で蜂の巣になって、粉々に砕けて、この世界から消えました。

「見えなかった」

　キノが言いました。

　再装填をしていると、湖畔に沿ってトラックが一台やって来ました。軍用トラックです。

「エルメス……、あの軍隊を襲って、レーションをゲットする……」

「一人でやってくれる？」

トラックはキノの目の前で止まって、強そうな軍人が自動連射式パースエイダーを持って、十人くらい降りてきました。隊長らしい偉そうな見た目の一人が言います。

「やあ旅人さん。自分達《じぶんたち》はこの付近をパトロールしている部隊だ」

「アア……、タベモノ……、ホシ、イ」

「相当飢えているんだね可哀想《かわいそう》に……。しかし、自分達《じぶんたち》にも、あなたに差し上げられる糧食はない。それをやってしまうと、軍紀違反でパースエイダー殺刑になってしまうからね」

「ソンナ……、カナシイ……、スゴク、カナシイ……」

「ねえ、この湖で魚を捕るのはどうなの？」

エルメスが聞いて、

「それは止《や》めた方がいい。看板がなかったかい？　——ああ、壊れてしまっているね。誰だ、こんな酷《ひど》いことをしたのは……」

キノです。

「この湖の魚には、全部毒があるんだよ。一口でも食べたら、三日間もがき苦しんだ末に死んでしまうよ。自分達《じぶんたち》は、ウッカリ食べた人はすぐに撃ち殺すことにしている。慈悲のためにね」

「うげー」

エルメスが苦い顔をして、キノの呼吸がいよいよ弱くなっていたその時です。

「うっ！　旅人さん達《たち》！　そ、それはっ！」

隊長がある事に気付いて大きな声を出しました。めっちゃ驚いていました。

「どれ？　ああ、この対戦車地雷？」

「そう！　それを、どこで手に……！　それは間違いなく、世界中の地雷コレクターが、親を質に入れてでも欲しがる伝説の名品！」

「地雷に名品もクソもあるの？」

「いやあ、形といい塗装といい、実に素晴らしいコンディションだ！　よくあるレプリカじゃない！　本物だ！」

「地雷に本物もレプリカもあるの？」

「なんという豊穣《ほうじょう》なオーラ……。香《かぐわ》しき芳香……。舐《な》めたい！　舐《な》め回したい！」

「そうかあなたが変態か」

「きっと年代物だ！　少なくとも、二百年は下るまい！」

「年代物の地雷って、恐《こわ》くない？」

「ああ、生きているウチにお目にかかれるとは！　それが欲しい！　それが欲しい！　是非とも譲って欲しい！」

「タベ、モノ……」

「いやだから無理なんだって。さすがに死にたくないし。——そうだ！　どうだろう！　私《わたし》達《たち》が持っているこのボートと交換しないか？」

隊長がそう言って部下に命令すると、部下達《たち》はトラックの後ろで台車に載せて引っ張っていたボートを湖にポンと浮かべました。全長十メートルはある、軍用ボートです。

「食べ物はダメだが、軍の装備品なら大丈夫だ！　上層部には、船底に戯《たわむ》れで穴を開けたら沈んでしまった、と報告すればいい」

「それでOKって、どんな軍紀？」

「ボート、タベル……」

すっかりアレなキノの代わりに、エルメスが本質的なことを訊《たず》ねます。

「そもそも、こっちがボートを貰《もら》ってどうするのさー」

「この湖を突っ切れる。反対側には国がたくさんあるから、たどり着いた場所でボートを売って食べ物を買えばいいさ！」

広く穏やかな湖面を、ボートが突っ走っていました。

ボートの荷台にはエルメスが載せられてロープで固定されていて、操舵輪《そうだ》をキノが力なく握っています。

ボートは、後方にあるエンジン全開でぶっ飛ばしていました。ほとんど水を跳ねるような大疾走です。

「キノ、少し元気出たみたいだね」

「食べ物がこの先にあると分かれば……っ！」

「うんうん、カジバのバカジ・カラってやつだね」

「ツッコミづらいから止《や》めて」

　この本の海外翻訳者が嘆きそうな会話をしながら、ボートは進みます。

　やがて、水平線の向こうに城壁が見えてきました。真西に進んでいたのですが、視界の右側ギリギリに一つ、そして左側ギリギリにも一つ。

「キノ、どっちに行く？」

「食べ物が美味《おい》しい方。どっち？」

「分かるかー！」

　エルメスも、怒る時は怒ります。

　キノは適当に考えて、適当に右に舵《かじ》を切ろうとしました。手が滑って左に切ってしまってボートが向きを変え始めたので、直すのも面倒くさいのでそのまま左側に見えた国に向かって突っ走って行きました。


「旅人さん！　そのボートをください！」

湖岸に面した城壁の城門で、キノは出てきた男にいきなりそんなことを言われました。

「タベ、モノ……」

「そのボートをください！」

「ちょっと待って、なんでいきなり？」

エルメスがその男に訊《たず》ねると、訳を説明してくれました。

この国はもう放棄されたのだと。国で一番の占い師が、この場所にあるのは縁起が良くないとお告げを発したので、それはイヤだと全員で引っ越すのだと。

しかし、男の家族はお金がなくて乗り物が買えず、引っ越すことができずに、妻と子供三人の五人で、この国で恐る恐る暮らしていたのだと。

「そのボート！　ください！　お願いします！」

「ここから先は陸路だから別にあげてもいいと思うけど、キノ、どうする？」

「タベ、モ……」

「こりゃいよいよダメか……。えっと、ボートを差し上げたら、何かもらえませんか？　食べ物少しでいいんです」

「私達《わたしたち》も、今は家族で食べるくらいしかもう持っていませんけど――」

「けど？」

「国の中には、運べなくて残していった物資がたくさんありますよ？　缶詰も瓶詰も。家畜も殺すのは忍びないからとあちこちに、豚も牛も鶏も。好きなだけ使ってください。私が差し上げられるのは、この国です」

「では、ボートを差し上げましょう。いい取引ができて光栄です」

キノが復活しました。

こうしてキノは、

「うんめー！」

国を手に入れました。誰もいない町の中で、こんがりと焼き上がった鶏の丸焼きを前に、ニコニコえびす顔です。バリバリと食べていきます。キノの背中に、骨の山ができました。

「飢え死にしなかったのは良かったけど、キノ、これからどうするのさ」

誰もいない国の中で、エルメスがキノに聞いて、

「さあね。どうしようか？　どうしようか悩み続けようか？」

キノはそう答えると、再び鶏の丸焼きに齧《かぶ》りつきました。

食事は、しばらく止《や》む気配がありませんでした。

おしまい。たぶんつづかない。

引越して1年半くらい
経ったので
もう完全にここには
馴染んだのですが
絵を描くこと以外
何もできない私が
どうやって一人で
部屋決めたり
引越しを完遂
できたのか
自分の事ですが
謎すぎて怖い。
黒星紅白には無理
だと思うんだけど。

## ◉時雨沢恵一著作リスト

「キノの旅Ⅰ～XXⅢ　the Beautiful World」（電撃文庫）
「学園キノ①～⑥」（同）
「アリソンⅠ～Ⅲ〈上〉〈下〉」（同）
「リリアとトレイズⅠ～Ⅵ」（同）
「メグとセロンⅠ～Ⅶ」（同）
「一つの大陸の物語〈上〉〈下〉～アリソンとヴィルとリリアとトレイズとメグとセロンとその他～」（同）
「男子高校生で売れっ子ライトノベル作家をしているけれど、年下のクラスメイトで声優の女の子に首を絞められている。Ⅰ～Ⅲ」（同）
「ソードアート・オンライン　オルタナティブ　ガンゲイル・オンラインⅠ～Ⅹ」（同）
「お茶が運ばれてくるまでに　～A Book At Cafe～」（メディアワークス文庫）
「夜が運ばれてくるまでに　～A Book in A Bed～」（同）
「答えが運ばれてくるまでに　～A Book without Answers～」（同）

**本書に対するご意見、ご感想をお寄せください。**

ファンレターあて先
〒 102-8177　東京都千代田区富士見 2-13-3
電撃文庫編集部
「時雨沢恵一先生」係
「黒星紅白先生」係

**読者アンケートにご協力ください!!**

**アンケートにご回答いただいた方の中から毎月抽選で10名様に**
**「図書カードネットギフト1000円分」をプレゼント!!**

二次元コードまたはURLよりアクセスし、
本書専用のパスワードを入力してご回答ください。

**https://kdq.jp/dbn/**　パスワード　**7mfk7**

●当選者の発表は賞品の発送をもって代えさせていただきます。
●アンケートプレゼントにご応募いただける期間は、対象商品の初版発行日より12ヶ月間です。
●アンケートプレゼントは、都合により予告なく中止または内容が変更されることがあります。
●サイトにアクセスする際や、登録・メール送信時にかかる通信費はお客様のご負担になります。
●一部対応していない機種があります。
●中学生以下の方は、保護者の方の了承を得てから回答してください。

**初出**

「始まりと終わりの国」／「電撃文庫MAGAZINE Vol.71」（2020年5月号）

文庫収録にあたり、加筆、訂正しています。

その他は書き下ろしです。

電撃文庫

# キノの旅《たび》XXIII

the Beautiful World

時雨沢恵一《しぐさわけいいち》


2020年11月10日　初版発行
2024年９月30日　４版発行

発行者　山下直久
発行　株式会社KADOKAWA
〒102-8177　東京都千代田区富士見2-13-3
0570-002-301（ナビダイヤル）
装丁者　荻窪裕司（META＋MANIERA）
印刷　株式会社暁印刷
製本　株式会社暁印刷




●お問い合わせ
https://www.kadokawa.co.jp/（「お問い合わせ」へお進みください）
※内容によっては、お答えできない場合があります。
※サポートは日本国内のみとさせていただきます。
※Japanese text only

※定価はカバーに表示してあります。




ISBN978-4-04-913318-9　C0193　Printed in Japan

# 電撃文庫創刊に際して

文庫は、我が国にとどまらず、世界の書籍の流れのなかで〝小さな巨人〟としての地位を築いてきた。古今東西の名著を、廉価で手に入りやすい形で提供してきたからこそ、人は文庫を自分の師として、また青春の想い出として、語りついできたのである。

その源を、文化的にはドイツのレクラム文庫に求めるにせよ、規模の上でイギリスのペンギンブックスに求めるにせよ、いま文庫は知識人の層の多様化に従って、ますますその意義を大きくしていると言ってよい。

文庫出版の意味するものは、激動の現代のみならず将来にわたって、大きくなることはあっても、小さくなることはないだろう。

「電撃文庫」は、そのように多様化した対象に応え、歴史に耐えうる作品を収録するのはもちろん、新しい世紀を迎えるにあたって、既成の枠をこえる新鮮で強烈なアイ・オープナーたりたい。

その特異さ故に、この存在は、かつて文庫がはじめて出版世界に登場したときと、同じ戸惑いを読書人に与えるかもしれない。

しかし、〈Changing Times,Changing Publishing〉時代は変わって、出版も変わる。時を重ねるなかで、精神の糧として、心の一隅を占めるものとして、次なる文化の担い手の若者たちに確かな評価を得られると信じて、ここに「電撃文庫」を出版する。

**1993年6月10日**
**角川歴彦**

# 電撃文庫DIGEST　11月の新刊　発売日2020年11月10日

**創約 とある魔術の禁書目録《インデックス》③**
【著】鎌池和馬　【イラスト】はいむらきよたか
愛しのお姉様・御坂美琴と二人で過ごす魅惑のクリスマスが黒子の手に！　と思いきや、なぜか隣には髪型がバーコードのおじさんが!?　聖なる夜、風紀委員の黒子に課されたのは『暗部』の一掃。それは闇への入り口でもあり……。

**キノの旅XXIII the Beautiful World**
【著】時雨沢恵一　【イラスト】黒星紅白
「あの箱ですか？　私達の永遠の命を守ってくれるものですよ！　あそこには、たくさんの国民達が眠っています！」「つまりまさか――」エルメスの言葉を入国審査官は笑顔で遮りました。（「眠る国」）他全11話収録。

**三角の距離は限りないゼロ6**
【著】岬 鷺宮　【イラスト】Hiten
少しずつ短くなっていく、秋玻と春珂の入れ替わりの時間。二重人格の終わり……その最後の思い出となるクラス会で、彼女たちは自分たちの秘密を明かして――ゼロへと収束していく恋の中、彼が見つけた「彼女」は。

**日和ちゃんのお願いは絶対2**
【著】岬 鷺宮　【イラスト】堀泉インコ
「ねえ、わたし――邪魔かな？」どんな「お願い」でも叶えられる葉群日和。けれども、恋はそんなに簡単じゃない。幼なじみの美少女に放った言葉は、何より日和自身を傷つけて――壊れたまま終われないセカイの、もしかして、最後の恋物語。

**声優ラジオのウラオモテ #03 夕陽とやすみは突き抜けたい？**
【著】二月 公　【イラスト】さばみぞれ
声優生命の危機も一段落。でも相変わらず崖っぷちなやすみに舞い込んだ仕事は……夕陽の宿敵役!?　できない、苦しい、まだ足りない。それでも――「あんたにだけは」「あなたにだけは」「「負けられない!!」」

**ちっちゃくてかわいい先輩が大好きなので一日三回照れさせたい2**
【著】五十嵐雄策　【イラスト】はねこと
通学途中に名前を連呼されたり、ハート型の卵焼きを食べる所を凝視されたりと、相変わらず龍之介に照れさせられている花梨。来たる文化祭で放送部はニャンメイドカフェをやる事になり、メイド花梨は照れて爆死寸前に!?

**吸血鬼に天国はない④**
【著】周藤 蓮　【イラスト】ニリツ
「死神」との戦いも乗り越えて、より一層の愛を深めたシーモアとルーミー。傍目にも仲睦まじい様子だったのだが、突如「シーモアの娘」を名乗る少女が現れたことで、落ち着いたはずの同棲生活に再び亀裂が入り……？

**少女願うに、この世界は壊すべき2 ～輪廻転生の神髄～**
【著】小林湖底　【イラスト】ろるあ
桃源郷を解放し地上に降り立った彩紀とかがりは、仲間を増やすため彩皇が住まう寺院へ向かう。しかしそこは、殺人、妄語など悪逆が功徳とされる聖域で――？　最強の聖仙が悲劇を打ち砕くバトルファンタジー第2弾！

新作 **桃瀬さん家の百鬼目録《フェイクロア》**
【著】日日日、ゆずはらとしゆき、SOW、森崎亮人
【イラスト】吠L
桃太郎の魂を継ぐ桃瀬姉弟を中心に、21世紀の浅草に顕現した御伽噺の英雄達。その使命は、悪しき怨念と共に顕現した魔物「夷狄」の討伐。これは「昔々」から続く現代の御伽噺――鬼退治は桃瀬さん家にお任せあれ!!

新作 **となりの彼女と夜ふかしごはん ～腹ペコJDとお疲れサラリーマンの半同棲生活～**
【著】猿渡かざみ　【イラスト】クロがねや
「深夜に揚げ物は犯罪なんですよ！」→「こんなに美味しいなんて優勝ですぅ…」即堕ちしまくり腹ペコJDとの半同棲生活。食卓を囲うだけだった二人の距離は、少しずつ近づいて？　深夜の食卓ラブコメ、召し上がれ！

新作 **百合に挟まれてる女って、罪ですか？**
【著】みかみてれん　【イラスト】べにしゃけ
異性を籠絡する技術を教え込まれたはずの美少女、楓と火凜。しかし初ミッションの相手は、なぜかの女性で……!?　どちらが先にターゲットを落とすかの勝負なのに、この子もう最初から落ちてません!?

新作 **白百合さんかく語りき。**
【著】今田ひよこ　【イラスト】raemz
高2の永遠（とわ）とリリには秘密がある。それはカプ厨なこと。放課後、空き教室で様々なカップリングへの愛と妄想を語り合うのが2人の日課。そしてもう一つ。リリは永遠が好きなこと。最近、大好きな永遠を独占したいリリは――。

新作 **妹の好きなVtuberが実は俺だなんて言えない**
【著】芦屋六月　【イラスト】うらたあさお
妹が恋をしたようだ。顔を紅潮させながら、その男がどれだけ魅力的か力説してくる。恋をすることはいいことだ。だが問題は、その相手だ。Vtuberの爽坂いづる、だって？　おい、その中身は俺なんだが――！

新作 **エージェントが甘えたそうに君を見ている。**
【著】殻半ひよこ　【イラスト】美和野らぐ
ある日を境に、父親の遺産を欲する組織に命を狙われることになった高校生の幸村隼人。彼を守るためにやってきた男装の一流エージェントは、二人きりになると甘えん坊になる美少女だった！　究極のギャップ萌えラブコメ開幕！

黒星紅白画集
rouge
【ルージュ】[ruʒ]
赤。口紅。革新的。
などを意味するフランス語。
黒星紅白、
完全保存版画集
第2弾！
[収録内容]
★スペシャル描き下ろしイラスト収録！★時雨沢恵一による書き下ろし掌編、2編収録！★電撃文庫『キノの旅』『メグとセロン』他、ゲーム、アニメ、OVA、付録、特典などの貴重なイラストを一挙掲載！★オールカラー192ページ！★電撃文庫20周年記念 人気キャラクター集合イラストポスター付き！
電撃の単行本

かんざきひろ画集 Sweet
■判型：A4判、クリアケース入りソフトカバー
■発売中
『俺の妹がこんなに可愛いわけがない』の文庫本（7巻～12巻）掲載イラストに加え、商業誌未発表イラスト等お宝イラストを多数掲載！　他にも『エロマンガ先生』（1巻+α）、人気キャラクター「初音ミク」のファンアート等、2008年～2014年の間に描かれた様々なイラストを収録!!　伏見つかさ書き下ろし『エロマンガ先生』短編も掲載した、大ボリュームの画集第2弾！
マルチクリエーター・かんざきひろ待望の画集第2弾！
Sweet
かんざきひろ画集［スウィート］
OREIMO & EROMANGA SENSEI & 2008-2014 ART WORKS
電撃の単行本

人気イラストレーター・abec
イラスト画集第2弾、
好評発売中!!
川原 礫 書き下ろし
『SAO』特別短編も収録!
SWORD ART ONLINE
abec Art Works
ソードアート・オンライン
abec画集 Wanderers
著:abec
イラスト／abec
電撃の単行本

SWORD ART ONLINE
ソードアートオンライン
川原 礫
イラスト／abec
「これは、ゲームであっても遊びではない」
《黒の剣士》キリトの活躍を描く
究極のヒロイック・サーガ!
電撃文庫

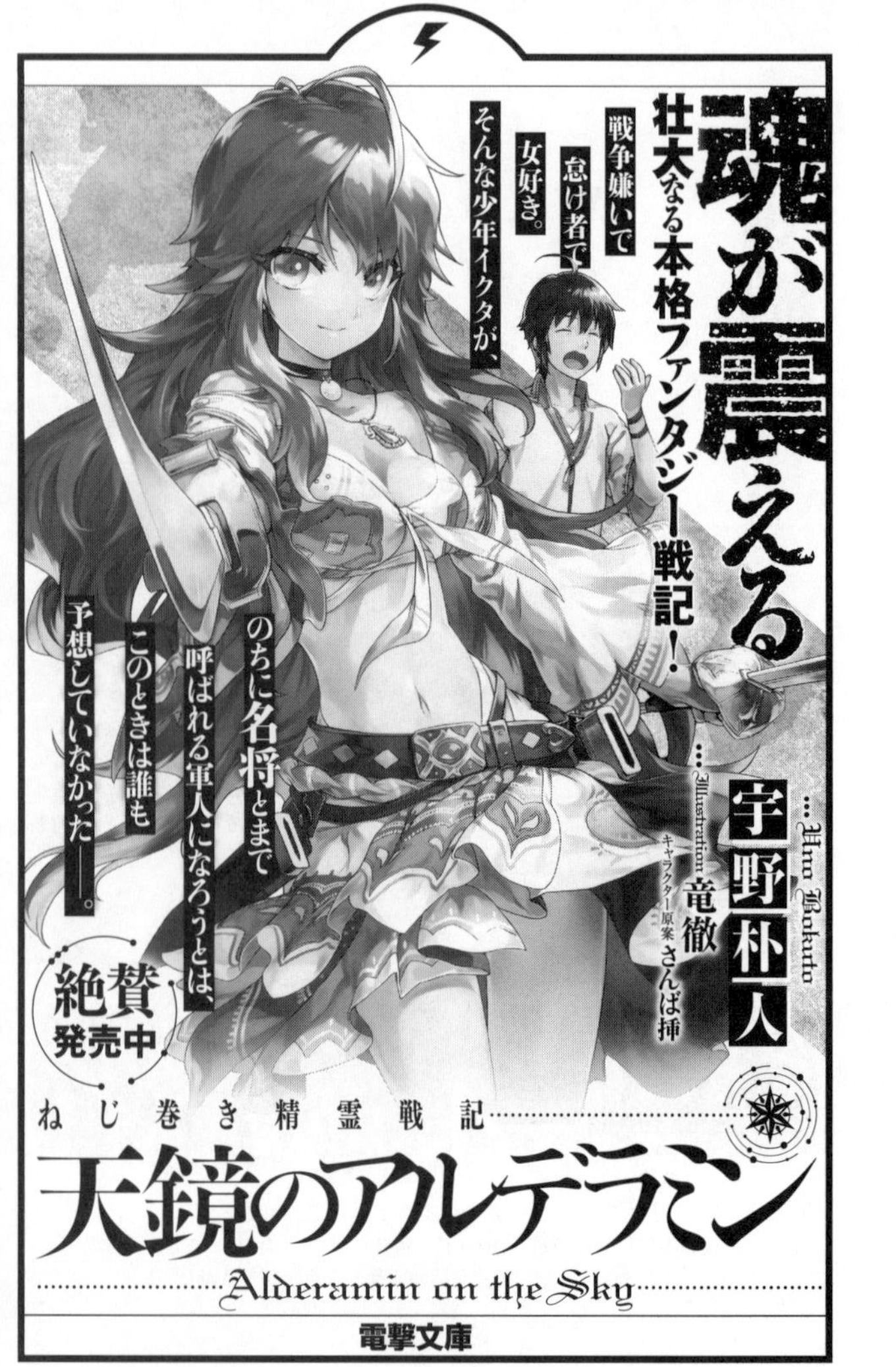

魂が震える
壮大なる本格ファンタジー戦記！
戦争嫌いで
怠け者で
女好き。
そんな少年イクタが、
のちに名将とまで
呼ばれる軍人になろうとは、
このときは誰も
予想していなかった——。
絶賛発売中
…Uno Bokuto 宇野朴人
…Illustration 竜徹
キャラクター原案 さんば挿
ねじ巻き精霊戦記
天鏡のアルデラミン
Alderamin on the Sky
電撃文庫

空と海に囲まれた町で、
僕と彼女の
恋にまつわる物語が
始まる。
青春ブタ野郎シリーズ
鴨志田一
イラスト●溝口ケージ
図書館で遭遇した野生のバニーガールは、高校の上級生にして活動休止中の
人気タレント桜島麻衣先輩でした。『さくら荘のペットな彼女』の名コンビが贈る、
フツーな僕らのフシギ系青春ストーリー。
電撃文庫